人生
ふれあいと美と音楽

宮澤 泰
MIYAZAWA Yasushi

文芸社

目次

まえがき

昭和二十八年、立教大学を卒業して以後、母校の図書館に就職し、定年を迎えるまでのほぼ四十年間、専ら図書との付き合いに終始して来たので、外部社会での実体験に乏しく、戦後昭和の激動の時代を地で経験することがなく、時折り書物を通じて当時のことを追想し日記に書きとどめておいた事柄を抜き出して本の形にしたものです。

音楽については全くの素人で、専らＦＭ放送やＬＰ鑑賞を通して自分なりの思索や感想を述べたに過ぎないので、専門家からは本筋を逸脱した奇想天外な思い上がりと見做されるかも知れません。最初は公表することを躊躇したのですが、かつて定年の頃、同じ職場で自費出版したことのある友人からしきりと出版を勧められ、退職を期して「わが思索の旅」と題した拙著を自費出版しました。それから早くも二十年の星霜が過ぎ去ってしまったある日、文芸社編集部に「わが思索の旅」を見ていただいたところ、他に未発表の原稿があれば是非それもというご指示があり、そのことが機動力となって年齢もかえりみず、再出版に踏切った次第です。

戸隠連山と鏡池

内容は旧著とほぼ同じ頃（一九六〇―一九九〇）のものなので、今日との時代的格差を感じるところ大ですが、人間本来の意識から時代は異としても物の見方や共感にはあまり変わりはないものと自認し、編集部のご意向を受け入れて、出版の運びとさせていただいた次第です。

私の拙文に対して、同じ動機付けから共感を得て、いささかの心の糧として役立てることが出来れば幸甚の至りです。

二〇二〇年　吉月吉日

著者

第一部　わが人生と文学

詩人について

詩人の苦しみは楽器を持たぬ作曲家、絵筆を持たぬ画家の苦しみに相当する。まさに裸一貫の芸術家だ。ましてや、この芸術家がスランプの状態になった時は殆ど狂わんばかりであるとさえ云える。自作が認められるか否かの問題ではない。これ以上詩作が続けられるか否かの段階に行き当たった場合、後生を自ずから生きる屍と化して非生産的に日々を過ごすことが出来るであろうか。現世に生まれて恥の上塗りのようなものである。たとえ如何なる雑誌にも載らず、詩壇に紹介もされずとも、一生詩を書き続けてきた詩人は、生涯些かなりとも希望を持ち続けてきた筈である。たとえ詩と認められないような作品でさえも、自分の死後誰かによって読んでもらえることにより自分が現世に生きてきた唯一の証しとなりうる希望がある筈だ。しかし書けないということは致命的で重大な問題である。詩が書けなくなったら批評に転向するとか、ショウバイ替えするというほど、小回りのきく人間には馬耳東風としか受け取れないであろう。詩が芸術である限り生命と共に存在するものだ。生命なくして詩は存在せず、詩なくして生命は存在しない。一つの様式から他の様式への移行変転は、幾度か生命の危機さえも感じ取られるほどのスランプからの克服を伴うものである。詩作に表面化して表れるくらいの際どい様式の変化によって、危機の大きさを推量することも不可能とは云えない。それが芸術と云われるものであろう。だから真の芸術は生命を賭して創られるものである。

山のエッセイで知られている尾崎喜八の詩文集に目を通しながらつくづく思うのだが、このような詩の書ける詩人は幸福であると。比喩や暗喩をやたらに使う今日の詩から見れば、心の真情を伸び伸びと唄ってはばかるところがない。人工的なものからいっさい離れて自然そのものを讃美して止まない。芸術が自然の模倣ならば、まさしく本当の詩であるといえよう。しかし現代では、このような詩が本当の詩として通用しなくなっている。何かによって毒されてしまったのだ。詩人の心はそれほどまでに人工化し、機械化されてしまった。それと同時に、そうしたことへの反逆がまた詩となって現れている。全く要素の異なるものである。自然に向けた外向的な尾崎氏の詩とは反対に、現代の八方塞がりの世界は既に萩原朔太郎を先駆としている。しかし、朔太郎の詩は作為的とか機械的なものではなく、より一層真実に徹したものであって、偽らざる詩精神をそこに見る。一方、尾崎喜八にも高村光太郎同様の詩精神を感じ取ることが出来る。今日こそ詩に還れと声を大にして叫ぶべき時期ではあるまいか。尾崎氏のようにロマン的な自然風物詩は別として、そのなかにシビアなものが汲み取れるような――朔太郎により一層顕著に表れているような――精神を必要とするのではあるまいか。そして現代詩においては、その亜流が多く作られたT・S・エリオットの存在は忘れられない。

一九六二・九・二〇～二一

束の間の美観

晴天と雨天とがかわるがわるやってくる天候の変わりようだ。晴れていても、満足に一日中もつという日は一日もない。昨日は絶好の外出日和だったが、今朝はもうどんよりと曇って、昼前から雨になる。月曜日の閲覧当番は皮肉にも雨に崇られるが、今日も例に洩れずと思っていたら夕方頃から晴れ間が出始める。思わぬ夕映えに、思わずベランダに飛び出す。やや黄ばんだ西方の空を背景に、大学の煉瓦建ての旧舎や構内の樹木が黒々と蹲り幻想画を想わせる。雨で洗い浄められた都会の空は、塵一つないようだ。何がこの世界を美しくしているのだろうか。深み行く秋の気配の漂う大学の構内の一郭で、己の中に一つの時間を意識すると同時に、忘れかけていた何ものかが甦ってくる。生ける存在のインフィニティヴなるもの、恐らくこの瞬間的な美しさに誰しも盲目的とはいえないまでも、街行く人々が無心に通り過ぎて行く束の間でさえも、自分にとってこの時間は貴重な体験であるのだ。芸術や詩の原点はそこにあるのではなかろうか。美は失われたものではなく、忘れられたものである。なお且つ手許に戻ってくるものである。ある存在意識、主体的体験がそれを導く。主体なくして、全く客観的に眺められる美などあり得るだろうか。美なるものを定義することは難しい。その本体は、強いて云えば自然そのものである。しかし自然もそれに働きかける主体がない限りは内在する美を発揮することが出来ない。働きかけられる対象によってその価値が左右される。それは生命に無限に通じるものがある。この人為的ではない美観に向かって自分は過去のある頃のように一時間も呆然と眺めているようなことはしない。またする時間もない。仕事が待っているから。眺めること、または仕事、一体どちらが救いになるだろうか。

一九六三・九・一六

無　題

知り過ぎていてものが書けないということをよく耳にする。成程、裏返せばソクラテスの〝無知の智〟に一脈通じるものがある。物が書けないということは、自らのうちに余りにも選択を強いられるからではなかろうか。広範な知識から如何にして己を選び取るかが困難になってくる。物を書くとはそれを書くのではなく、何物かを書くことである。不要な知識さえなければ、書くときにはもっと単純になれる。選び取る領域が自ずから定まってくるのだから。所謂実存主義作家が知識の上で狭量だと見做されうるのは、余りに作者の取捨選択が厳しいために生ずる結果である。知り過ぎていて物が書けないと嘆く人も、豊富な材料や知識を持ち合わせていながら、同時に慧眼の持ち主であり、自己に対して厳し過ぎるものがあるのではなかろうか。そこから自己の緊迫感をある程度まで解きほぐせば、その広範な知識が泉の如くほとばしり出ることだろう。小林秀雄は広い知識の所有者であると共に、それを封じ込めないほどの実存的な厳しさがあったことが批評精神に並々ならぬ拍車をかけ、恐るべき鬼才として縦横無尽に書きまくることが出来たのではなかろうか。

　陽気のせいかとかく気分的に優れない。気分に支配されるのは自分の弱いところだ。冷静で論理一徹で出来る人間ならば、気分的に塞ぎの虫に捉われることも少ないだろう。いったい、気分本意の行き方に何が残されるだろうか。それは全てに亘って妨害となるばかりでなく、己の本質をも破壊していく。自然のように気紛れで無考えで、底を叩けば何もないと云うことに尽きてしまう。己に逆らっても気分本意に流されることに杭を止めねばならない。逆にそれは少なくとも己を止揚することになる。雑念から離れて宗教的になったからといって、必ずしも救われるものであろうか。気分の特効薬として一時的に和らげられるかも知れないが。後になって欲求不満の残滓が残される結果となる。

　人間は感情の動物であると一般に云われている。感情的だからこそ人間的でもある。それを殺すことはもともと無理な話だ。キェルケゴールは人間の感情的なものの中に原罪を見出し、それを鋭く糾弾している。しかし最後の段階としての宗教的なものが果たして感情的なものとの断絶に於て存在するかどうか疑問である。アミエルがその日記の中で自分自身に指摘した最大の自己嫌悪は、キェルケゴール的原罪に結び付くものが想定される。その一節――

「感情に於ては極端に主観的で思惟に於ては極端に客観的なお前の個性は非我的な点にあり、お前の苦手は個性的にならなければならない点にある」（註）それを「絶望の中にある不決定」

といっている。ここにアミエルの深淵があり、個性的であることと自我的であることとの危険な混同を孕んでいる。個性的なものには主体性が要求される。〝個性〟はそれ自体が独立して存在せずに何かによって個性づけられて初めて存在し得る。己の主体性がそれを特徴づける。だから個性はどのような形でもあり得る。アミエルが云いたかったことは、個性的というよりも主体的という点にあったのではなかったか。もし仮に用語を誤って自我的とするならば、主体性を本質的なものとして意図しながらも、全く異質的なものとして受け取られてしまうであろう。「絶望の中にある不決定」は、キェルケゴールの原罪に繋がるものがある。しかも不決定はますます絶望的状況に自らを追い込み、それ自体は死に至る病であり、罪は一層深い。晩年のアミエルの日記では、不決定の齎らした深淵を示し、そのとぐろの中に捲き込まれるという絶望の中にあってそれを悲嘆しつつも、なお且つそこから超克して観照的な立場を取ろうとする。交錯した自我意識が主旋律を作る。客観的な観照主義は絶望的な罪を意識の表面から覆い隠してしまうものであり、東洋的な思想に近い。それ自体は人間の感情の否定にならない。唯、覆い隠されているに過ぎない。

この気紛れな〝感情〟というもの――より一層人間的であろうとすればするほど免れ得ないシコリのようなもの――その処理の方法を、T・S・エリオットは詩の世界で見事にやり遂げた。それは現代の深淵の中で孤独の重みに耐え抜いた勝利者の像を想像させる。この点、エリオット自身、必ずしも冷血漢であったかどうかは別問題だが、自ら発散する詩をそのような象徴で凝結させることが出来たのは驚くべきことである。我々は「荒地」以降の詩集に於て、現代に生きる確固とした精神状態として示唆されるものが多い。現代的に孤独ということは少なからず不要の感情——むしろ害になる感情——を疎外させるものだ。しかし現代の状況が既に人間一般の疎外の中に在る。既に疎外は、現代に生きるための不可欠な条件とさえなってしまった。より良く現代を生きるためには、それを深めればよいのである。どうして逆に人間的となり、感情に求めようとするのか。味気無さから来ることはあるだろうが、人がより人間的であれば、人間的であるより以前に不満が募ってくる。人間が感情的動物であるからこそ、その処理方法も考えられるのである。もしエリオットが最初から冷血漢であったならば「荒地」のような詩は書かなかったかも知れない。逆説的には、現代社会で人がより深く疎外の状況にあるというのは、より人間的であることの結果から来ていると云えようか。

一九六四・六・二一
一九六四・七・七

（註）
『アミエルの日記（七）』岩波文庫　河野与一訳　P.64

共感を求めること

未明より雪、早朝には一〇センチも積り、一面の銀世界。裏の畑は白一色、庭の植木もスッポリと白衣を纏い、思わぬ童話の世界が出現する。一夜にして世界が変わってしまったかのようだ。通勤は楽ではないが、車窓の雪景色が目を楽しませてくれる。しかし都内は酷い泥んこ道、純白の淡雪もどこに行ってしまったのか。僅か大学のチャペルの前に子供っぽい学生の雪合戦のために白いものが残されている。都会は自然の賜物を放逐するが、学園の中だけが僅かながら自然の息の通うところとなっている。

土曜日とあって午後から職場の上司である石神井のM氏宅に招かれ、是非聴いて欲しいというご自慢のLPを拝聴する。六十枚ほどのコレクションの中で、選り抜きの数枚、モーツァルトが特にお好きな上司なので、コレクションにもそれが断然多い。そこで曲は「ピアノ協奏曲No.17」、「同No.26・戴冠式」、「ホルン協奏曲」、他にハイドンの「ディベルティメント」、「弦楽四重奏曲・こだま」、シューベルトの「冬の旅」より抜粋など、この中で、特に「ホルン協奏曲」（ホルンはデニス・ブレイン、カラヤン指揮・フィルハーモニア管弦楽団）は上司ご自慢のものだけあって、朗々たるホルンの音色が素晴らしい。「冬の旅」のハンス・ホッターも心魅かれるものがある。

M氏が是非自分のレコードを聴いてほしいという気持ちは、いやというくらいによく分かる。このような衝動には自分もよく取り憑かれたものである。こうした心理を意地悪く少し分析してみると、多分にマニア共通の自己満足的要素があると思われる。煎じ詰めれば本来ならば自分一人で聴くべきものを、自分一人だけの感激を如何とも処理出来ず、他者の共感を求め、それが得られれば大いに己が満たされるというある種の自己満足からである。動機は、素晴らしい曲の共感を他者と分かち合う気持ちには違いない。一方、他者である聴き手が、必ずしも曲に満足しているかどうかは分からない。唯、その時の雰囲気を壊さぬように、聴き手はそれに甘んじているに過ぎない。音楽に限らず、絵画でも、観劇でも、相手に同感を求める気持ちは、人間である以上誰にも潜在しているのではなかろうか。殊に直接感動を与える音楽などでは、それが露骨に現れることがある。芸術とは本来孤独な所産である。創作に於ては勿論のこと、それを鑑賞することに於ても孤独が強いられるのである。ベートーヴェンの音楽のように個性の強いものであればあるだけなお更であろう。モーツァルトなら出来ても、ベートーヴェンでは、と躊躇するのは、強い感動を分かち合うことを相手に強いることにならないかという懸念からである。しかし、相手から求められたときには臆するには及ばない。嘗ては自分も、相手に強いて共感を求めたことがある。しかし最近はもっぱら一人で聴くことにしている。音楽には何か魂の宿命的なものさえ感じられる。年齢のせいか、気質のせいか、M氏の好みと自分のそれとでは好みの傾向がやや異なるようである。どちらかといえば、自分のほうが渋好みであることにM氏も不思議がっていた。同じモーツァルトならば、「No．26・戴冠式」よりも「弦楽五重奏曲No．5・ト短調」とか「クラリネット五重奏曲」、ベートーヴェンならば中期、後期の「弦楽四重奏曲」、またはバッハの「無伴奏チェロ組曲」といったもの。

音楽芸術は孤独の魂の試金石である。〝鑑賞すること〟とは、その石の中に自己の主体性を叩き込むことにある。ときに、それに叩き込めないはみ出した自己を意識する。そのはみ出したものが他に共感を求めようとする。いつもそれが自分を苛ます。それが心の痛みとなり、欲求不満とさえなる。それは、音楽鑑賞が純粋な祈りに至らないためである。祈りが全霊的で主体的行為であるならば、音楽鑑賞がこの領域に近づくには、まだ相当な時日が要るのではなかろうか。やはり音楽鑑賞には、少なからずエゴの充足が付き纏うのである。

やたらと詰まらぬ理屈をこね回してしまった。音楽鑑賞は文句なしに楽しめばよいのである。むしろそのように割り切っていくべきであろう。恐らくM氏の鑑賞法はそうなのかも知れない。すると、こちらの方が余程変哲に違いない。こうでなければならないということは最初から存在しない。自分は自分の行き方を遂行する以外にない。人夫々がコレクションの傾向を変えていく。それによってコレクションは特徴づけられる。その方法に於ても。恐らく無性格なコレクションなどないであろう。そこに音楽蒐集の面白味があるのかもしれない。まだここまでは考えずに、満ち足りた気分でM氏の宅を出たとき、早朝の雪の積もった武蔵野の雪原に夕映えの山並みが美しく見えた。日足の伸びがひときわ目立った。

一九六五・一・三〇

沈黙・孤独・混沌

怖るべき沈黙と孤独、一つの部屋、一つの職場にあって日頃顔と顔とを接触させているにも拘らず！　これが人間の生活だろうか。不可視的なバリケードによる意識の断絶があるばかりだ。敢えてそれを崩そうとすれば、冷ややかな拒絶によって人間性は葬り去られる。もし二人だけでも集団と云えるならば、これは典型的な現代的状況であろう。こうした集団の中にあって一人一人が孤立させられている中で、真摯に孤独を求めているという矛盾を犯している。しかし孤独とは一人になって徹頭徹尾思考できる状態ということを前提として考えてみるならば、現代のように集団の中で孤立化してしまった状態は、孤独とは本質的に異なってくる。それは〝孤独〟から疎外された状態に過ぎない。孤独の根底には人間性が存在し、少なくとも自力的であり主体的であって、それ自体が個性ある人間的行為として裏付けられる筈である。しかし、怖るべき現代の沈黙と孤独には、孤独に伴う人間的要素が最初からない。全て奪い去られてしまったかのように、死の骸と化した機械的人形がいるに過ぎない。彼らは自分達の考えや意見を少しも吐かない。問いかけても唯黙っているだけだ。如何にもそれが唯一の回答であると暗示しているが如くに。そして職場は死人の部屋となる。刑務所のほうが余程人間性があるだろう。そこには少なくとも現代の黙殺の世界からはみ出してしまった人間性の持ち主がいるからである。そこは最も傷つきやすい人達の気の毒な病院であるのだから。

自ら孤独を求めずに孤独から疎外された孤立の状態で孤独に徹することは難しい。しかしそれだけやり甲斐のあることではないだろうか。自らを日夜問い質していくこと。安易な人間性を拒否し続けること。深海の墓標のように自らを持すること……

嘗てのある時代のように、孤独を強いて外に求めようとすれば挫折を余儀なくさせられるであろう。孤独を求めようとするならば、現代の疎外された状況を敢えて逆手に利用することだ。そこに自らの根を深く下ろすこと。現実を肯定すること。死者の屯する砂漠の世界を〝生命〟という足によって濶歩しよう。己のギリギリの極限を試みよう。素晴らしき経験はそこから生まれるのだ。現代の沈黙の世界に於ける不可解な人間像、2＋2＝4と割り切れぬ世界、これらは複雑怪奇な社会機構がもたらした現代的現象である。しかし今日では、現象面に留まらず、人間自体に於て本質化してしまっている。深層心理学で探究すべき意識下の世界が、現象面に於て表面化しているのが現実である。こうなると、現在・過去を問わず、人間は究極的に不可解な動物なのだと云えるかも知れない。不条理は今更始まったことではない。

狭い大学の中の決まった職場。千年一日のごとき朝夕の通勤電車――全く創造性もない顔、顔、顔でいっぱいの通勤電車――そこには何も得るものがない。強いて得るものといえば、疲労と倦怠ばかりである。それに魂でない魂の藻抜けの殻。白霧のような無言の暴力。意固地にそいつに逆らえば徒に疲労を招くばかりだ。空回りの喜劇以外の何ものでもない。個人が社会の圧力に抗することにヒューマニズムの本質が発揮されるという単純な形態は、既に過去の所産となった。現在では一体何にレジスト出来るだろうか。自分自身をも含めて世界が一つの大きな混沌の中にあるのであり、対立関係は支離滅裂になる。自己を保つためにはそれを抑圧するもう一つの自己を必要とする。暗黙裡に自己疎外を強いる外面的要素、即ち〝霧の暴力〟から自己を保つ方法は、〝主張する自己〟と〝統御する自己〟といった自己の二面性によって極度に内面化させるか、それを全く放棄して世界の混沌に浸り切るかによって、完全な自己否定を行う以外にはないであろう。即ち世界が混沌にあることは、自分自身が混沌であることに尽きる。洞察ある詩人は混沌を指摘し、それを言葉に表現する。それを秩序立てたり分析しようとはしない。更に卓れた詩人は、それに光をあてようとする。自ら光を求めることによって。混沌の谷間にありながらも、超絶的な魂の飛翔によって永遠の声に耳傾けようとするのである。

一九六五・二・一〇

Muβ es sein ?

今日の実存主義的思想が、唯単に観念的遊戯ではなく、我々の生存に深く根差し、本質的なものを捉えようと努めているものであるならば、ある方向付けや解決策を早急に求めることは危険であるかも知れない。しかし、それが言葉の重みにとらわれ、言葉と言葉との間を堂々巡りしているようにしか思われない。読者はそれら言葉の誘惑に如何に弱いものであるか。読者にとってア・プリオリに働きかけるものでも、既に体験的要素を伴うものがある。文学はその点で読者に体験の具体性を以て訴えかける。思想のある方向付けや解決策を与える場合、錯綜した現在を早急に処理してしまおうという現実回避の姿勢を摂るのではないか。この窒息してしまいそうな現実に対して、時には抜け穴も必要である。しかし、一時的な抜け穴が現実回避に陥ることになるならば、主体性の本質は見失われてしまう。それは死も同然である。方向付けとは、現在に至る実存的体験の集積を現在の一点に集約せしめ、その思想的密度によって未来に対してある命題を与え、その命題によって生存の本質を探り出していくことではなかろうか。

ベートーヴェンの最後の「弦楽四重奏曲Ｎｏ．16」には、魂の闇の中より己の意識下の記憶を過去の回想の形で辿り、現在の時間に導入させてから未来に対して忽然として、〈Muβ es sein？ Es muβ sein!〉『かくあらねばならぬか？』『かくあるべし！』の命題を投げかける。過去は消失し、決然と次元を異とする未来への一点に立たされる。曲想自体は哲学的省察に貫かれている。作曲者の体得してきた思想の深淵から抽出された透明の〝音の言葉〟が表出される。終楽章では厳しい問いの設定がある。これに就いては謎めいた点も多く、解釈はまちまちであるが（註）一つの命題はダイアレクティックに問答形式を繰り返す。気分のみでは捉えられない〝突き詰めた魂の探究〟が人間の限界に於て行われる。聴くだけでも少なからず緊張が要る。にも拘らず、真の魂の悦びが与えられる。ということは、それに依って何か本質的な心の原点に触れ、魂にある方向への示唆が与えられるからである。それは直感を超えた世界であり、少なくとも現実回避の抜け穴ではない。

一九六五・五・四

（註）

作曲者のごく軽いユーモアとして、楽譜に記された言葉で特に深刻な意味はないものとされている。

転機と選択

図書館司書Y嬢の送別会が行われた。彼女は近日中にシカゴへ行き、当地で貿易商の男性と結婚するという。彼女自身にしても全く予想外だという。気候風土の異なるところの新生活に、彼女がうまくやっていくかどうかが、注目の的である。彼女にとって、この人生での突発的な転機は、善悪を問わず〝明日〟ということが皆目分からないところにある。我々一人一人の身の上に於ても当然襲いかかるものである。まず自分に振り返って考えてみよう。

現在自分が如何なる局面に到達しているかということは自分自身にも分からない。ともかくも人生とは分からぬものである。他を云々するよりも自分自身の問題で精一杯である。もっとも人生に誠実な生き方を考えれば己に徹するより他にはない。永劫回帰の原理は万物を全て自己の中に帰着せしめる。己から離れているように見えても、必ずや自己自身に帰す時が来るのである。機を摑むのはそのときである。自己に帰る瞬間、あるいは覚醒（サルトル流に云えば〝嘔吐〟）過去幾百時間の怠惰にピリオドを打つ。迷いは如何に多く、為すべきことは山をも凌ぐくらいあるだろう。しかし、極度の迷いは惰性となり自己に対して怠慢となり疎くもなる。そして堕落する。更に度が過ぎれば迷いは罪に通じるものとなる。このためには、どうしても自己及びその対象を限定してかからねばならない。人生の究極的な到達点〝死〟ということを前提とするならば、対象は自明の理となる。しかし〝死〟は日頃忘れられがちだ。自分の周辺には如何に多くの雑事がとぐろを捲いていることだろう。学問も、芸術も、それらは究極的な死に対する人生の慰安であり、仮想に過ぎないものではあるまいか。この終着駅を意識するからこそ、人は何かをせずにはいられない。それが学問となり、芸術となる。

自分が自分以外のことに眼をくれることは、欺瞞的行為にさえも思われる。ある精神的要素から自ら目覚ませるものによって自己との関わり合いが生じ、不可解な己自身を探り求めることが出来るのではあるまいか。音楽、詩、宗教、哲学の類は、こうした意味から現在の自分にとって最も身近な伴侶である。何らかの拘束や義務感から離れ、自分が自己となりうるための選択が自己の内的欲求として強いられるのである。宗教に関しては、キリスト教を選ぶか、仏教を選ぶか、または両者混合、あるいは全くの無宗教を選ぶかは自由であるし、ある一つの精神的行為が全く新しい特殊な形態を生み出す結果となるかも知れない。しかし、現在はまだまだ暗中模索なのだ。ガムシャラに己をある方向に方向づけることが精一杯、唯々無限の転落から自己を支えるために。選択――それは必然的に自己の方向づけに対する内的強制であり、如何なる他の介入も及ばない。一刻も早く無益な夥しい迷いから解放されることを望むものだが、迷いのない人生ほど味気ないものはないであろう。

元来分からぬものを分かろうとするところに無理がある。人生とは、このようなものだなどとは到底云えるものではない。それを食い物にしている偽哲学者、偽宗教家などは糞食らえ！自分では結構分かったつもりでいるのだろうが、それはあくまでも自分自身に就いてだけで、他に関しては皆目分からないのだ。自分自身のみで冥するべし。人生に関して云々する場合、やはり自分以外には何も分からないのだから表現も内的独白の形を摂らざるを得ない。詩や音楽はその意味から真実である。それは説教や講釈ではなく、内的実存からの自己への戦慄から始められるからである。

一九六五・九・二

『Xへの手紙』

小林秀雄の初期作品『Xへの手紙』を再度読み始める。これにはまだ小林氏の未熟な青臭さがあるが、初めて批評家として立つための自己宣言とでも云いうるものである、にも拘らず氏の一貫した論法の発想に於てまだ初期にあるため、言葉がそれに付いていかれないくらいに陳腐な響きを与えている。如何に氏が強い個性の持ち主であったか、勿論、現在でもそうだが。文化勲章などを受けてあまり気を良くしてしまわないほうがよいのではないか。

「俺は自分の為す事にも他人の言ふ事にも信用が置けなかった。この世に生きるとは咽せかへる雑沓を掻き分ける様なものだ。而も俺を後から押すものは赤の他人であった。さまよひ歩いて夜が来る。きれぎれの眠りは俺にも唯一の休息ではあったが、又覚めねばならぬ眠りとはどうにも奇怪に思はれた。」（Xへの手紙）

この一文は、懐疑と孤独に苛まされた氏の神経病時代の表れであり、この憂愁にあって「誰でもいい、誰かの腕が、誰かの一種の眼差しが欲しい」（同）と思い始め、後年の『様々なる巨匠』によって開眼し、それらの偉大なる個性によって小林氏の個性も亦確固たるものに成長していったのである。しかし、その懐疑の時代にも自分の言葉には相当の確信はあった筈だ。言葉自体ではなく、物事に信が置けぬということ自体に確信を抱いていた。それは必然的結果であり、自分の言葉以外何ものも信じられぬほどの個への徹し方が窺える。

言うまでもないが、自分は何はともあれ、単に批評家としてではなしに一つの生き方の典型として、我国では小林秀雄の徹し方に最も魅きつけられる。氏の生き方が文体に反映され、そのまま氏の思想となっている。全く思想とはそれの徹し方なのであろう。だから、小林秀雄とはどうしても肌の合わない人もいるのは当然である。饒舌過ぎるという嫌いはあっても氏の個性の強さ、ならびに文そのものにも大いに魅き付けられるものがある。以前断片的に読んだものをも含めて、これを機に初期のものから読み通していきたい。

一九六七・一一・二

森との出会い

五月下旬に入梅の兆候ともいえるかなりの雨が降って以来、カラ梅雨同然、照るとも降るともつかぬミルク色の空が連日続いて真夏同様の暑さである。今日の午後は、ミルク色から多少青味を取り戻した皐月晴れだが、強い南風が乾燥した土埃を巻き上げている。やはり降る時には降ってもらわないと困る。久し振りに一日中家にいるつもりでも、午後は出掛けるのが常である。

今頃の季節の森は、あまりにも繁茂し過ぎて魅力に乏しいが、この息詰まる緑の饗宴が生命のあらん限りの可能性を再認識させてくれる。どんな時季でも、どんな処でも、自然は自分にとって大いなる師である。こうした森でも数限りなく何度でも入ることによって、如何に自分が自然によって洗練させられ、深い思索と体力作りのトレイニングが課せられるかは量り知れない。何事につけ自然は良き語らいの友であり、終生自分から絶対に切り離せない生活の要素である。恐らく父もそうであったろうが、父は都会生活でのごく僅かな時間の合間を専ら山に向けていたようだ。自分も嘗ては登山にのみ向けていたのだが、この数年来、平地の森にも足を向けるようになった。住居の場所にも由るのだが、だからといって山を忘れた訳ではない。要するに自然との接し方が以前とは変わってきていると云えよう。以前は眼もくれずに通り過ぎたような樹林帯や、一寸したせせらぎに何か言い知れぬ神秘感を魅き起こされる。また自宅の周辺の取るに足らぬ森が、自分にとって数日間の反省の場を与えてくれると同時に、自分の内部でカラ回りしていた思考を遙かに超越した全知全能の何ものかが、樹の間の光となって降り注ぎ、惑える自分に明日からの精神的活路を与えてくれるようにも思われる。杉や檜の混入した如何にも山中を想わせる広大な森林帯は、狼狽えたような赤茶けた午後の光に燻み勝ちだが、自分はその中で山中を歩く父の姿を思い描き、忽然として自分の前に父が現れるかの錯覚に襲われる。こんなことは、この前の山行の折、急坂を下った後の谷間の一郭でもあったことだが……

森との出会いは、自分にそのままポエジーの世界を造り出す。自分にとって〝詩的である〟という言葉は、そのまま〝精神的である〟ということに直結する。内部の語らいを除いて、どうしてそのことが成り立つだろうか。自然は常に媒介者として働く。媒介者は時に忠告もする。いや、それ以上に奮い立たせる。もし森が失われずに存在するならば、自分は人生の拠り所として生涯かけてそこを往復するであろう。

一九六八・六・九

時の記念日に因んで

今日は時の記念日。時間に就いて考えさせられる。引き伸ばされた時間から圧縮された時間を抽出しなければならない。如何に時間に生きるかが大きな課題である。現代人は時間に生きるどころか、日頃時間に忙殺されている。あまりにも他律的な時間に支配され、己の内部の時間を持たない。人生とは究極的には墓場への行進である。従って、究極的目的を云々するよりもそのプロセスが大切なのだ。そのプロセスに於て何を残すかが問題である。要するに如何に時間に生き、何が残されていくかということであり、後世はそれを足掛かりとしてより良いものを残していく。それが伝統である。だから他律的な時間には伝統は生まれない。より主体的な内部の時間にこそ伝統に結びつくものがある。伝統は守られるものではあるが、同時に造り出されていくものである。

全く時間とは捉え難きものであって、やり方次第によれば暴君のように立ちはだかり、時には飼い馴らされた犬のようにもなる。結果は余りにも歴然としている。少なくとも実存的に生きるのであるならば、時間に押し流されてはなるまい。未来からやってくる時間を、現在という時点に立って無数の砲弾として己の裡に受け留めておく。この姿勢は少なからず後退を意味しないであろう。如何なる巨弾をも受け容れる。これはイギリス女流作家、ヴァージニア・ウルフの時間意識に通じるものかも知れないが。詩作するとは、圧縮された時間を意識するための一方法ではあるまいか。詩そのものに意味を見つける前に、詩作という行為自体に時間的意味づけを行いたい。日頃忘れ去られた時間を現在にとり戻すことに、時の記念日の意味があるのだと思う。

一九六八・六・一〇

三島由紀夫割腹事件

昼に食事から戻ったら、Y氏曰く、「この前三島由紀夫展を見ておいてよかったですね」出し抜けに云われて一寸戸惑っていたら、「死んだんですよ、つい寸刻、腹切り自殺です」「エ？本当か？」半信半疑で問い返したところ、やはり本当らしい。テレビニュースで、三島由紀夫と彼の率いる楯の会の会員四名が、市ヶ谷自衛隊本部に押し入り、総監を人質にした上、三島は集まった自衛隊員を前に一席演説を打った後、日本刀で隊員に切り込み傷を負わせた挙句、三島自身腹を切り自殺を遂げ、同行の会員森田も自刃したという。問題は憲法改正をめぐって自衛隊に対する不満が爆発したものらしいが、遺書めいたものもあるので、必死を決意した上での計画的な行動という見方が強い。思えばこの前の東武デパートでの展示会は、内容的にノーマルとは云えず、何か今日ある日を暗示していたかの様だ。後のニュースで、三島が自刃した直後、同行の森田は三島の首を刎ねて介錯し、その後直ちに森田も自刃し、別の楯の会の一人が彼を介錯したという。一瞬にして起こったこのドラマチックな凄惨さは只事ではない。

ノーベル賞候補となっていた力作を次々にものにしていた三島が、何故こんな末路を辿らざるを得なかったのか理解に苦しむ。国を憂えて余りある自衛隊への抗議ということであるならば、また三島如き腕前のある作家であるならば、何故文章の力でそれを行わなかったのか。已むを得ず死によってというならば、何故非効果的且つ無意味なクーデターを伴わねば出来なかったのか。世間からは単に狂気の沙汰としか受け止められまい。最後の決着が如何にも三島的と云われることは必然的な成り行きなのだが、そこに三島の限界があったことは否定出来ない。こちらは彼の最近の作を読んでいないのでなんとも云えないが、ある作家は、三島が幾多の行動に入ったとき、既に文学的には行き詰まっていたと云う。恐らくこれは、作品解析によって明らかにされよう。近頃、新左翼に対応して新右翼の進出が目立ってきている。この楯の会もある意味から新右翼だが、今日の事件は、むしろ三島由紀夫個人の中の一事件であり、規模に於ても、嘗ての五・一五や二・二六事件の如き青年将校のクーデターの様な政治的問題はないようである。それだけに何と軽率な事だったろうか。〝喜劇は終われり〟という言葉がピタリと当てはまるようだ。

この思いも寄らぬ事件が、折から来宅している義弟との話題を賑わせる。自分が三島を作家として捉える反面、義弟は行動の人として捉え、社会的反響はそれほどないにしても、あの様に徹底的に自己主張し行動できた行為自体は立派なものである、と肯定的に捉える。自分は三島が作家である以上、作品の世界で究めて欲しかった、結局行動に逆ったということは、文学からの逸脱である、行動を鵜呑みにすることは危険であると、やや否定的。結局、我々凡人の出来ることではないということが共通意見。年齢的な差によっても、三島の自殺の評価は変わってくるものだ。三島文学はこれからの世代にどう響くだろうか。この事件は余りにも生々しく、このショックで三島ファンのみならず、日本全国が熱に浮かされたかのようである。このインフルエンザ的パニックが下火になった頃に、どんな余病が出るかが問題である。今の若年層を好ましからぬ方向に向かわしめる魂の癌とならねばよいのだが。欧米諸国では、三島を一応は高く評価しているが、飽くまでも文学作品に関してだけであって、行為そのものは不可解な日本人のハラキリ以外の何ものでもない、またこの行為による歴史的社会的変革は恐らくゼロであろうと見ている。すぐ熱し易く、騒ぐのは日本人だけなのだろう。おかしな話である。

一九七〇・一一・二五〜二六

滅びの森

脅しをかけられたような厳しい冬の到来。日本海側では早くも豪雪。例年にない厳冬となりそうだ。朝の吸い込まれるような冬晴れに、まだ枯れ葉を残した雑木林がざわめく。その彼方に、秩父、多摩の連山が手に取れるばかりに青黒く連なっている。深い色彩の秋から澄徹した透明な冬の世界に光は移行する。ゴツイ霜柱を踏んで出かけるときのピリッとした感触。吐く息はどこまでも白く、時に朝の光線を浴びて濛濛と沸き立つように見える。この澄んだ空気を一日中吸っていたいがそうもいかぬ。生きるためには満員電車で人混みに出て行かねばならない。

十時からの課長懇談会、やや揉める。司会を順番にやっていくかどうかというI氏提案から課長会の本質まで出る。決定権もないこんな会は無駄だ、止めてしまえという意見。いや、むしろ決定権を確保し、部長会以上の実権を握ることだなどという反論。課制は廃止すべきという造反も出る。兎に角てんでバラバラだ。今のままでは時間のロスというより他にはない。会のあり方に就いては、次回までに考えておくということでケリが付く。

さて、帰宅して驚いた。裏の雑木林が全くなくなって、幼稚園のほうまで丸坊主となってしまった。たった一日でなんたる変わり様だろう！　その後土盛りしてマンションか住宅が建つのだろう。建築のためには一本の樹木も無駄になるのだろうが、一列くらいは残しておいたらどうなのか。何か自分の生命までもぎ取られたような思いでやりきれない。子供達はどれだけここの森の恩恵に与っていたか。春先の砂塵嵐のほどよい防波堤に、雨水の吸収にも役立っていた。単にムードばかりの問題ではない。自然の利が全く忘れ去られた手放し行政の為せる仕業である。こんなことがいつまでも野放しにされていたら日本の自然は破滅してしまうであろう。人家が多くなればなるだけ、自然林の存在は貴重になる筈だが、住みよい都市環境を市が本気で考えるならば、山林をその所有者から買収して保護し、市民の憩いの場とすることである。緑が失われれば、如何に弊害が発生するか計り知れない。緑の街、所沢はこのままでいくと、灰色の街に化してしまうであろう。所沢・川越線の先まで見過ごされるように、切り採られた周辺部には無惨な樹木の霊が山積みされている。ここに移り住んで、ついこの前まで心密かに嗜んできた黄葉も今となっては夢、幻に過ぎぬ。唯、写真と記憶にのみ残された幻の森として葬り去る他にはない。痛恨胸に迫ると同時に、憤懣遣る方なき思いに駆られるのは、自分一人のみであろうか。

風土は潰れていく。それと共に人間の心までもが潰れていく。潤いがなく、画一的で安価な砂漠の様な別の風土が出現する。それも全く唐突に、一夜の中に。これが現代の日本の変わり様だ。それにしても、なんと見通しの良いことか。目的のために手段を選ばず。概して他から見られることを嫌う日本人が、自ら自然の目隠しとなっている樹林を平気で取り除いてしまう、その無神経振りはどこから来ているものか。これは麗々しく自然保護を唱えながら、一方では山林の伐採を行っている林野庁の役人と何ら変わらない。かように街から山から樹木はなくなっていく。日本全体、更に地球の至るところも丸坊主。そこに育つ人間は、恐らく火星人のような無機的な言葉を発する様になるかも知れない。今日も夜遅くまで土運びのダンプの音が家を揺るがしている。

せめては多少望みをかけていた我が家の周辺部、今は全く望みなし。これまでのところ、自分が間違っていたのかも知れない。当然失われるべきものに対する異様な愛着が生活の大半を支配していたということが、実際己の所有とならぬものに対して、自己の想念の所有に帰していたということが、そもそもの思い違いであったかも知れぬ。更に拡大して考えれば、奥の森一帯も当然ここと同じ宿命にある。一晩にして森が消え失せ、工業団地が出来るかも知れない。それにしても消え行く森をいつまで追い求めるのか。この際に、丹沢の鹿に対する片思いみたいなものを拭い去って、森に対して無感性となる事を自分に強いてみたらどうだろうか。

そのためには、他に替わるべき強力なものが必要になる。外部に何があろうか。既に森以上のものが存在しないとき、強いて外部に求めることは徒労になる。そしてこれ以上、不確定な外部に何かを求めることに対する過ちを二度と繰り返さぬためにも、自分の心の内部に何かを求めざるを得ない。内面の声であると同時に、内面の森を求める。現に音楽はそれを促してくれるものの一つである。このところ外に気が向いて、久しく忘れていたことである。P・ヴァレリーは、それについて良き暗示を与えてくれている。（『ヴァレリー全集』「一人のなかの対談」「雑集」等の言葉）そこには、より深遠な知性や魂の森を見出すことが出来る。以前は何処となく高踏で寄り付けなかったヴァレリーに、最近では臆することなく近づき得る様になったのはせめてもの幸いである。森は伐られてこそ再び甦る。心のうちに。

一九七〇・一二・一〜九

阿川弘之『雲の墓標』を読む

読みかけていた阿川弘之の『雲の墓標』読了する。今の時代に、二十数年前のあの頃を偲ぶものがあるが、日記形式で書かれた出陣学徒兵の切迫した呼吸の息使いがひしひしと感じ取れる。決死を約束された人間の諦観や、それを否定したりするなど、生死の境のギリギリの点に立たされた生への執着や複雑な心理が顔を出す。それにしても、事実がこの日記通りであったならば、およそ敗戦色濃い日本軍隊の物狂わしさは想像に絶することだったろう。最近の技巧偏重の作品に対して、素朴ではあるが生々しい印象を与えるものがある。自分は不図した思いつきからこの作品を読んでいるが、徒に当時の懐古趣味からではなく、生死に賭けた人間の極限状況に対して、如何に一人一人が己を処していくかという前向きの感情を追体験するためである。こうした感情は戦争という特殊な状況下にあっても、むしろ普遍的な人間の問題として捉えることが出来る。大岡昌平の『野火』にしても同じことが云えまいか。当時に較べて現在は、何と恵まれていることであろう。しかし、人間の不平となると、今のほうが遙かに多いようである。自分の体験から云って、当時は食い物に対する不平以外に、これというものはない。まだ他にも不自由は沢山あったが、最も成長盛りの年代であったためか、始終空腹を感じていたことなど、食い物に対する執着は凄まじいものであった。それにしても、当時から考えて、どうして今日を予想することが出来たであろうか。

今どき、かような戦時ものを読んでみようと思ったのも、欺瞞的な現今の生活からの脱出を心理的に試みるためである。と同時に、必然的な死というものを、当時の彼らの気持ちとなって心理的に再現することにより、より普遍的な死の意味に就いて考える契機とも成り得るからである。当時を身を以て体験した戦中派でさえも、この作品を読んで当時のことを決して懐かしく思う者はあるまい。もう二度とあってはならぬと思うと同時に、遥かに過ぎ去った激動の青春時代の己自身の遺骨を地面に埋めるように、何かそっとしておいてやりたいという気持ちに駆られることであろう。二十六年後の今日、当時現実を体験しなかった私如き中途半端な者が読んだりすると、異様に滑稽であったりもする。作品には日本の敗戦が見る見る中に濃くなっていくのが実感としてよく捉えられている。嘗て食糧難で腹三分も食べられなかった戦時中、著者は海軍という比較的食い物には恵まれていた処にいた代わりに、自己の生命と国への忠誠との相矛盾するものに苦しめられていた。恐らく自分よりも二〜三年早く生を享けた人達は、どれだけ真摯にこうしたことを考え貫いたことだろう。殆どが二十〜二十五歳くらいの瑞々しい若者達である。幸い自分は生き延びて中年期を超えてしまった。それにも拘らず、嘗て一度たりともその人達ほど真摯に生や死を考えたことがあったであろうか。事実誰でも現に死に直面しないとあれほどのことは考えられないものであるが。今日の自分自身に恥をかく思いに至らぬ中は、こんなことをくだくだと書くのも不本意な行為となるのではなかろうか。当時のことも今でこそ昔語りと化してしまった。だからこそ、今更ながら興味津々として読めるのである。こうしたものはあまり自己に還元することなく（還元したところで、どうにもなるものではない）、今日では単なる昔語りとして読む以上のことは出来ない。作品の殺伐としたシチュエーションも、後になって振り返れば、完成された芸術作品ということになる。当時の特攻隊の死ぬこと以外に救われようがなかったやり場のない魂の結実であると共に、まさに死霊の呟きでもある。死の美化は往々にして芸術作品として成り立つこともあるが、現実的には破滅以外の何物でもない。逆説的に芸術作品という具象化された存在によってどれほど救われたであろうか。黙して瞑すべし。

一九七一・二・二八～三・二

アマチュア精神

昨日、兵庫県相生市の海岸旅館が二百六十ミリの集中豪雨による土砂崩れで埋没、死者を出すという惨劇。その他行楽バスの転落、落雷に因る死者など、被害が各地で続出し、ただならぬ日曜日であったが、それとは裏腹に、今朝は秋のような冷気に抜けるような快晴。三日間の雷雨で地上の不純物はすべて洗い浄められたかのようである。しかし気圧配置は一向に思わしくなく、再び入道雲が湧き湿度も加わり、三時過ぎに至ってまたもや雷雨。幸い西友に水泳パンツを買いに行っていたところだったので、小さな我が家で身震いして聞くほどの雷鳴も聞こえなかったが、五階ボウリング場のガラス窓越しに映る落雷の稲妻の柱や、地上で右往左往している通行人に降り注ぐ天からの幾条ものヴェールや、次第に東京方面に向かって慌ただしく動いていく雲行きなどを望見している自分の位置はまず安全な場所である。子供連れの買い物のご婦人などはまだ降りそうだからとすぐに出口に殺到するが、結局傘もなく、止むまでそこに固まっているに過ぎない。止むのを待つ間に、まだ買い物も出来るだろうし、ボウリング場から外を眺めて大自然の絡繰りに驚異の目を見開くことも出来る。ものは考え様だ。「備えあれば憂いなし」の昔ながらの格言を家人はどのくらい受けとめてくれるだろうか。四日続きの雷に少なからず翻弄されていたが、下水道一つとっても市に提案すべき件はいくらでもある。そうしたポイントポイントは抜けていて、女性は友人同士、主婦同士ならば、雷が鳴ろうが鳴るまいが、外であろうが内であろうが、長々とお喋りは尽きないものである。この四日間、関東全域を荒らした雷雨も夜に入り殆ど収まり、夜更けて全天きらめく星空、いやな低気圧も過ぎ去り、明日は北からの高気圧に包まれて安定するという。ひどく暑かったり、その反動として強い寒気が侵入したり、この夏は波乱含みだ。この傾向はヨーロッパやアメリカでも起こっているらしい。気象変化はその道の専門家ではない一般人にとっても生活する上、絶えず密接な影響を与えている。気温が一度異なっても頭脳の働きに影響する。ましてや、雨、風、雷、雪など四季折々の諸現象が如何に生活に大きな要素を齎すか、自分自身にとっても量り知れない。そんなものはどうでも良いと思う人も多いだろう。しかし、そう思う人も全く無関心だとは云えない。

妻は自分に、これくらい関心があるのなら、その道の専門家になれば良かったのだと云うが、もしそうなれば、自分は天気にがんじがらめにされてしまうだろう。ましてや予報官の様に職業としての専門家になったならば、一刻も早く逃げ出したくなるかも知れない。自分は変幻窮まりない四季の気象の移り変わりを、数式や機械を用いず、専ら感覚的に受けとめながら、一連の風物詩として捉えていくといったアマチュア精神に撤しているのみである。毎日の新聞天気図は、そのための唯一の手懸かりであるし、手帳は最小限度の気象情報として役立て、日記はその他諸々の記録と共に風物詩的役割を演じているに過ぎない。アマチュア気象観察は観天望気による。現代ではいくらアマチュアであろうと気圧計や雨量計くらいは持っているのが常識である。それらさえ持たずに全く手放しで予測など出来るわけはない。だから自分の場合は、記録と観察に留めている。記録の集積は類似現象を見るのに役立つ。それによって予想も七分通り当たることがある。勿論公表すべきものではないが。

その道の専門家で学者でありながら、一方アマチュア精神の持ち主としての寺田寅彦や中谷宇吉郎といった人を考えると、松尾芭蕉に共通するような俳人の境地が見出されるようだ。東洋的な幽玄の世界は、こうした日頃の自然の微妙な変化の中にあるのではなかろうか。早くも初秋を想わすような夜もだいぶ更けてきた。

土用なかばに秋の風　（芭蕉）

一九七一・七・一九

明治人の先見と気骨

最近、図書館で購入した『西田幾多郎――同時代の記録――』（下村寅太郎編・岩波書店）のなかに義伯父（河野与一）の寄稿があったので一寸借りて目を通した。純粋哲学が衰微し、または雑多な形にメタモルフォーゼされた今日に較べると、純粋哲学全盛期――特に西田哲学を中心とした京都学派の華やかなりし頃の片鱗が窺われる。西田哲学がどうして日本の知的精神界の魅力となったたか。それにはさまざまな問題もあろうが、従来の十九世紀的な観念主義（アイディアリズム）的な見地を翻して、一人の人間の実在としての意識、直感の中に自己を捉えるという見地に立つようになったことから、実存的開明の緒を与えた点にあろう。宗教的背景は仏教、特に禅に根差していた。年譜で見ても分かるように、青年時代の禅修行による影響は少なくはない。ある意味では、最も現代の日本人にマッチした哲学であろう。行き着くところまで行ったたという この碩学の士の言葉の裏には、謂わば哲学の限界を意味していたのかも知れぬ。西欧の精神界では、これからは哲学よりもむしろ神学――バルト、ブルンナー、ゴーガルデン、辺りであるということを見抜いた先見の持ち主であったことも否定出来ない。早くも、明治・大正において将来に向かっての精神的動機付けを行ったその恐るべき思索力が時代を先取りしたと云える。思索の極まれるときは、部屋の中を時計の振子のように行きつ戻りつし、絶えず想念の泉を涸らさなかったこと、次男の外彦氏の述懐によれば、勉強には厳格な父で怒ると手の方が早く飛んできたこと、また書きたくないのに原稿を無理矢理依頼してきた雑誌記者を大声で怒鳴りつけ、玄関払いを食わせたことなど、私生活の一面が書かれていて興味深い。亡くなったのは、昭和二十年六月七日早朝ということで、当時危険地帯とされていた鎌倉にいて、周囲からしきりと安全地帯への疎開を勧められながら厳然としてこの地を離れないといって応じなかったなど、明治人の気骨を想わせる。

かような頑なさは、当時疎開せずに都内に踏み止まって戦災を受けた祖父の面影に共通するものがある。今更ながら西田哲学まで持ち出そうと思わないが、ふとこの本に目が触れただけでも、当時の門下生達の息吹きが感じられ、何となしに気持ちが引き締まる。こうした雰囲気は今の大学生の何処に見出せようか。物質文明の高度成長による裕福さと、大学教育のマスプロ化による精神的貧困。誰がこの現実を解決していくべきであろうか。

一九七三・一・三〇

現代の精神的貧困と犯罪

今日が豊かな時代であることは、物質社会の見せかけに過ぎず、全般的に精神の貧困の時代であると云える。物価の急騰に収入が追いつかぬこと。それでいて、豊富に出回っている電化製品などによる生活の一定水準を保たざるを得ない。歪みは眼に見えないものから動き始めている。恰も、一定の大きさの容器に水を八割方入れるのに対し、同じ容器に熱湯をなみなみとついだ場合を想定してみる。古いガラス容器ならば、忽ちヒビがはいってしまうであろう。どこかに無理が生じ、それに追いつこうと汲々としている。唯それだけだ。物質以前に不可欠なものがある筈なのだが。こんな状態がいつまでも続いて果たして良いものだろうか。だから、今日の貧困は、経済上の問題のみではない。受験地獄、交通戦争、排気ガス等の公害によって、子供達から遊び場と夢とを奪い去ってしまう。交通戦争は通勤時に限らず、マイカー族やレジャー族にも襲いかかる。レジャーは金はかかっても中身が乏しくなる。経済の高度成長は一応収拾したが、それの副産物たる公害は我々の生命や心を脅かしつつある。生活するにも、そうしたことをいつも念頭に置かなくて済むように、より有効な気遣いが果たせないものか。日夜、如何に余計な事柄に神経を費やさねばならないのか。これは現代人の多大な損失である。

このところ、悪質な犯罪が続出している。最近、ある公営住宅で起こった殺人事件。些細なことに恨みを持っていた一家の主婦が、隣家の主婦を白昼に殺害したという事件、両者とも中流サラリーマンの家庭である。犯行動機は、これと取り立てるほどの問題ではない。被害者の子供の成績が良いこと。加害者が自転車に乗れないことを軽蔑されていたこと等、日頃それとなく癪に障っていたことが欝積して恐るべき犯行を導いた。まさに、その殺し方の残虐極まりないこと。顔といわず、手足といわず、三十数カ所の切傷から鮮血が噴き出し、眼鼻すら判別できないほどという。偶然、学校帰りの子供が母親の瀕死の状態を見届け、すぐに連絡したが間に合わなかった。犯人の自白によれば、被害者が傷を負い死なんとする直前、息絶え絶えに「ようし、死んだら化けて出てやるから」と犯人に言い残したそうである。こうなると何か猟奇染みてくる。執念深い恐るべき女性犯罪。精神の貧困に加えて、外での不況の煽りもあるが、それればかりではない。動機が極めて子供染みていること。犯行の前後は、前後不覚、茫然自失になり、切りまくる狂気の沙汰だ。いつだったたか、あるマンションで、犬がうるさいといっては殺し、ピアノレッスンの音がうるさいといっては殺す、という事件。人間の欲望が全て物質で満たされた時代、最も大切な心の判断力の欠如が、些細な苛立ちによって、凶悪犯行を引き起こしてしまう。爆発寸前の火山が、一寸した外的刺激により噴火するのと同じ原理である。犯人は、もともと犯罪的素地のある危険人物には違いないが、現代の社会状況それ自体が、既に危機に晒されている。謂わば精神的貧困と紙一重ではなかろうか。過密社会、騒音公害、TVの行き過ぎたコマーシャル、刺激的なエゲツないTV番組、これらが次元の低い、突発的な犯罪の温床となる。このまま、こうした状態が続くか、更により一層ひどくなるか、男女を問わず、犯行のやり口はますます陰惨極まりないものになるであろう。こうして、仲の良い人間同士でさえも、これといった動機もなく、いとも容易に殺し合い、やがては地球上の人類滅亡が到来するのではないか。話がやや大きくなってしまったが、全く物騒な世の中というべきである。

一九七六・一・二一、三〇

時間の遠近

　結局何があれば生きていけるか。ここでは、衣食住は論外だが、これら生活の最低条件の他には、紙、ペン、時計、これだけで良い。いやいや、待て、欲を云えば数冊の愛読書と数枚の愛聴盤、こうなるとプレーヤーが必要となる。こうして並べ立てているうちに、結局は現在と同じになってしまう。それではいけない。最小限度の必需品である紙、ペン、時計、その中、ペン（万年筆）と時計は、亡父の遺品である。残るは紙、この小さな紙片に如何に自分の全てを叩き込むか、それも一日も欠かさず、こんな大きなテーマが課せられていれば、絶海の孤島でさえも退屈することはないであろう。果たして、現在でも自分自身が、これだけを頼りに生きることに何ら消極的になる必要は毛頭ないものと思っている。

　今日も一日が流れ去らんとしている。「やれやれ」などと云えればまだ良い方である。そんな感嘆詞など出て来ぬうちに時間は流れ去ってしまう。時間とは石鹼の泡の如く何と稀薄なものか。現在ではそう云える。逆にズシリとした重みにそれが感じられるとき、そのときは、恐るべき苦痛に苛まされているに違いない。だからといって、その逆である現在が愉しいときであるなどとは絶対に云えない。時間とは化け物である。敢えてそう云いたいほど時間は主観的である。時間とは、人生の抽象化されたものである。〝疾く日々は過ぎ去りぬ〟とは、あるとき、〈時間〉に気が付きながら、〈時間〉を十分活かし切れなかった人の嘆きの言葉である。

さて、ここで少し落ち着いて周囲を眺め渡してみたい。いったい何が早く過ぎ去り、何が比較的緩慢に流れていくのか、それは、乗物の窓から眺められる外界の事物の遠近法に譬えることが出来る。より近いものは迅く過ぎ去り、遠いものほどその動きは緩慢である。遠くに対象物がなければ全て迅く過ぎ去っていくように見える。また、遠くのある物体をほぼ中心に、その周囲を回るようにしてカーヴするとき、中心付近にある物体は殆ど動かぬか、多少窓枠の左右を行きつ戻りつするくらいである。それはいつも或る処に見え、近づくかと思うと遠のき、遠のくかと思うと近づいたりするが、一向にそれに到達することが出来ない。恰もそれは、ヴァージニア・ウルフの小説『灯台へ』にある象徴的存在としての岬の灯台のごとくに。実際は目に見えないものだが、やはり何かしらそれらしいものがあるのではないかと思うことがある。ある間隔を置いて、ポッカリと出てきては、また消え去り、また忽然と窓枠の中心の遥かな彼方に、蜃気楼のように浮かび上がったりする。それは、また苛々して押し退けられた日常的な時間の彼方に、また時に名残惜しまれつつ過ぎ去っていく意識的な時間の彼方に、ほんのりと見えてくるのだ。いったいこれはどうしたことなのか。もし果たしてそうだとするならば、もう一度人生とは、と問い直してみたい。またそれは、時間を総体的に捉え直すことに外ならない。平面的に、直線的に考えれば、誰しも行き着くところは決まっている。しかし、どんなにしても行き着けない処がある。それを従来の時間の直線的図式で如何に説明したらよいのか。今日は、またどうしてこんな突飛なことを考えてしまったのか。「やれやれ」などと思わぬ嘆息が、何かの誘い水になってしまった。

一九七六・二・三～四

近くの森を歩く

近くに、まだこんな素晴らしい森が残っていたのかと、今更ながら目を見張る。無傷で残されているのは、ここぐらいなものであろう。自称〝夢の森〟や〝真の森〟のように、周囲に宅地造成もない。周辺はまだまだ田園地帯である。そして森の中は野鳥が囀り、起伏すらあって、山中の密林帯を彷徨する思いだ。一旦、森の中に踏み込めば方向さえ見失いかねない。五月頃は、山つつじの集落がある。朝のひと時、人知れずこの深い森のしじまの中で、しばし黙想に耽る。この時間は、一日の時間からいえば、それのごく何分の一かに過ぎない。寝床の中にいれば、いつの間にか過ぎ去ってしまう取るに足らぬ時間、それを森のために費やすことが出来る。こうした悦びを誰に分かち与えることが出来るだろうか。妻も子も、まだ覚めやらぬ床の中。そして妻子に、これを無理強いすることも出来ないでいる自分自身の歯痒さ加減、いや、価値観の相異だと云ってしまえばそれまでだが。全く理屈抜きの世界なのである。休暇に入って、山一つ登らず、一時間以上圏内を離れぬ中に、早くも大半が過ぎ去った。夏は終熄に近づきつつある。その惜別の念に堪えなくなり、ある解放感を得るため、朝のひと時、我が家近辺の森を自転車で訪れる。それだけで、山に行ったような救われた気持ちになれるのは何と幸いなことであろうか。おめでたいとでも云えるのか。経済的なことばかりではない。森に入った途端に、そこ以外では感じられなかった何ものかを感じ取る。静寂を、というよりも、語りかけとでも云うべきものを。それは、内心の哲学的対話とでも云えるものなのか、それとも、自然への愛なのか。いや、何と表現してよいのか。森全体を包み込むような、何かひんやりした空気があり、時に樹芳を漂わせながら、限りない潤いを感覚の中に満たしてくれる。その空気は樹木を育み、同時に侵入者である自分にふんだんなオゾンを提供してくれる。こうして自然の理に適った絶対者的な存在があるものとしか思われない。この絶対者を何に喩えようと、それは人間の勝手というものであろう。何に感じようと、その感じ方には幾通りもある筈はない。

こんなことを考えながらも、森を抜け、流れのある堀兼新道に出る。ここはもう開けた世界だ。そこより堀兼の井を経て自宅に帰る。長々と、こんなことに紙面を費やしたが、自分自身感じたことに就いて、他に何が残るだろうか。生活のために自分は半都会生活を強いられているが、出来うることなら山や森や小川が、すぐ近くにあるような、より一層ルーラルな生活をやりたいものと思っている。

一九七六・八・一八

火葬場の煙

早春の穏やかなある日、自転車でニュータウンから基地周辺を半周、北原地区より所沢霊園の辺りに行ってみる。火葬場の煙突が目当てだ。この辺りは、まだ荒涼とした雑木林が起伏状の大地に続き、林の中に火葬場の煙突が一本寂しげに立っている。今日は会葬者が何組かあると見えて、構内には車の駐車も割と賑やかだ。霊園は見晴らしの良い台地にある。現在造成中の処も含めて、かなり広い。真新しい墓地も少なくはない。こうして見ている中に、何組かの遺体が埋葬の儀に臨み、それと殆ど時を同じくして火葬に付されていく。新しい遺体が窯に入ったばかりなのだろう。黒ずんだ煙が一瞬出たかと思うと、間もなく黄褐色に変わり、中空を漂いながら次第次第に薄れていく。排出する煙も濃厚なものから稀薄なものに変わっていくが、それは、一つの存在としての個体の解体そのもののように見え、しかもその解体はまた、何と美しくあるものか。現在、誰の遺体が燃えているのだろうか。既に燃え出しの抵抗は薄れ、一切の夾雑物を取り除いた透明の存在となって燃え尽くしていく。その微妙な煙が、空中に輪を描いていくのだ。これは誰もが行き着く究極の場である。死はあらゆる人にとって平等の広場である。また存在が無に帰するところの永遠の休息の場でもある。火葬場の煙はそれをいみじくも物語っている。生者は死者の残したイメージを辿るのみ。そこに祭壇が設けられ、墓が残されるに過ぎない。そして死者の残したものから生者は亡き死者を追い求める。つまり死者に奉仕する。生者は休息は出来ない。自分は火葬場の煙をこれ程まざまざと見詰めたことは嘗てない。また、これに就いて、嘗て抱いていた不吉な、穢らわしい印象などはまるでない。滑らかな起伏と雑木林に囲まれたここの火葬場は、これまで接したことのある街中のそれとはかなりの隔たりがある。燃え尽きた遺体の余熱から、まだ僅かながら排出している煙は、魂の昇華のフィナーレを物語るかのように、雑木林の上空を弧を描くように棚引き、やがて天高く吸い込まれていく。この草深い武蔵野でいずれは自分もダビに付される日が来るであろう。祝福すべき永遠の休息のために。

愚かなことと思いながら、生きることの無意味さに就き改めて思い直してみる。今日も火葬場の煙突から煙が立ち昇っている。死によって透明になる、誰でも煙と化してしまうというのに、どうしてアクセクやらねばならないのか。入試、就職、結婚、職場の人間関係や家庭での団欒のために。すべて愚かしく、死の前では何ものでもない。もともと究極的な目的などあり得ないのだ。生前幸運であったということは、たまたまその人間が、その生存性の発揮できうる巡り合わせにいたに外ならない。全てに於て蔑ろにされ、愚かであると決めつけられている人間は、ますます己の穴に入り込まざるを得ないだろう。だから愚かにも生きていくためのひと時の庵《いおり》が必要となる。そこにだけ他より奪われぬ世界が存在する。独りでありたいとはこのことなのだ。せめて独りになって死を見詰めること。焼却されつつある人間の肉体から立ち昇る死霊――むしろ精霊とでもいうべきもの――によって生の果ての瞬間を彷徨すること。誰一人として生きて経験しうることの出来ぬ死の瞬間に就いて、もし周囲のことまで考える必要さえなければ、自ら体得すべく実行していただろう。もし、それならば、こうも考えることもなくなるであろう。たとえ自分が火葬場の煙を眺めにここにやって来たにせよ、自分にはまだ思い留まるだけの愚かしい理性がある。生きることが如何に愚かであるかということを、いやというほど味わわされていても、その愚かな生を捨て去ることが出来ないでいる二重の愚かさ、また、捨ててしまえば死を考え意識することは最早出来なくなるという愚かしい打算も加わっているのだから。この打算は一体いつ解きほぐれるものなのか。かくして、今日も、この辺りの森を彷徨する。夕方には、また都会の雑踏に出なければならない。

一九七七・三・六、二六

日付のない日記

一カ月近く日記を付けていない。たかが一カ月と云っても自分には大きい。途方もない空間にドップリと浸かっていたようなものだ。だからといってこの空間を今更ながら取り戻そうとは更々思わない。時に空間は必要である。過去との連続を断ち切ること。これはある変転のためにはなくてはならぬ存在として映ってくる。多忙がほどよく雑念を断ち切ってくれるからだ。

このところ、徒に放置しておくにはあまりにも美しい季節だ。特に今年は好天の秋が長かった。心で受けとめた季節の美を、日記が黙殺せざるを得なかった。事情はいろいろある。それはそれとして、いつまで豊麗なバッカスに浸っていられようか。季節は進み、人生は既にその三分の二は過ぎ去ってしまった。如何なる日常雑多の中にあっても、残された〈生〉は確実に〈死〉に近付きつつある。明日の生命も分からぬ現在に於て、一体何をなすべきか。余りにも多い世の中の事象に振り回され、闇雲に日々を浪費してきた過去と今こそ決別し、再度原点に戻ってある指針を自らに求めねばならない。残された三分の一足らずの人生に自らを総括せねばならない。細々と続いてきた思索の糸のみは絶やすことなく、今後はより一層深めていきたい。言葉の一つ一つ、音楽の一音一音、ありとあらゆる景観、自然、建築、都会美の一つ一つから思索構造のポエジーを再現させること。それらが統合された形で、どの次元にまで高められるだろうか。

日夜、奪われつつある時間の中にあって、自らを奪回するには、極度に凝縮された時間を必要とする。だから、時間こそ血したたる生命に外ならない。〈瞬間的〉であるとさえ云えるほどのごく短い時間に介在する夢、その夢を把握しうる程の集中力を以てしなければならない。しかし、こうした方法に囚われる前に、精神のある状態を獲得せねばならない。燃えるべきときには燃やすこと。その瞬間をすかさずに記録しておくこと。覚醒時に於ける夢の記録と同じように。そして、ある主題を変奏曲の中で何回も繰り返すが如く、一日の中に、或いは数日間、捉え得たあるテーマを追求することだ。季節は繰り返しである。しかし、人生は繰り返しではない。巡り来たる季節の輪廻にあって、日夜それを深めていくことである。反復によって深まるのである。あるものと、あるものとの間には、沈黙がある。沈黙もまた言葉に外ならない。沈黙することとは、その主体性に関わる実存的行為でもある。吠えぬ犬の方が、吠える犬よりも無気味であり、苔むした岩は何も云わないが、そこにあること自体が言葉になる。書物に書かれたものだけが言葉ではない。それは表現手段に過ぎず、我々が物事を知るための媒体にしか過ぎない。岩、樹木、空、雲、光、闇、……それぞれに於て、言葉は存在しうる。それらを如何に引き出すか。如何に表現手段としての文字に移し変えるか。これは意識すればするほど、至難の業だが、それらを己の実存の中に浸透させてこそ、その能力の限界が自ずから定まってくるのではなかろうか。だから詩人こそ、その能力に恵まれているのかも知れぬ。また、詩人は詩人であることによって、別の妨害をも受けねばならない。即ち、所謂詩人であるという事実が彼を本質的に詩人から遠のかせているとも考えられる。所謂詩人には、必ず言葉が付き物だが、それは表現手段としての言葉であって、ときにそれらが本質的な思考を邪魔立てするものだ。詩は自ずから湧いて出なければならない。だから詩作する以前に詩人であるという原点に立ち還らねばなるまい。

＊　＊　＊　＊　＊　＊　＊　＊　＊　＊　＊

早朝、豪奢な夢を見る。フランスのヴェルサイユ宮殿のような豪華絢爛たるクラシックな館での舶来酒のコレクションの大展示会。たまたま、そこに行き合わせてそれらを見物する。世界の酩酒ばかり、それら様々なるグラスのオーナメント、まさに芸術品であり、ときに塑像のような格調の高さを見せている。それに漂う芳香。場内監視と見物客の人眼を盗んで、近くにあるグラスをとって一寸中身を失敬する。手にしたのは六万円のブランデーだったかも知れない。そのうち、数人の貴婦人が入ってきて、手に手にグラスを持って大っぴらに試飲しているようだ。こんな有閑マダムが何食わぬ顔で、次々とグラスを傾けているのだから、こちらも遠慮なくやれば良かったと未練がましくこの場を立ち去るというところで目が覚める。こんな豪華な夢は、数多くの夢の中でも稀であるが、ぜひ記録に留めておきたいと思ったまでである。時間にしてまさに〈瞬間的〉とさえいえるほどの、早朝の微睡みの中での時空を超えた出来事なのである。夢が如何に関心の対象となりうるかは、それの時間的問題以外の何ものでもない。

＊＊＊＊＊＊＊＊＊＊＊＊

ここで跳び越さねばならない。跳び越すということは、とらわれにある現在を木端微塵に粉砕することに外ならない。〈跳び越す〉とは、唯滅法に先を争うことではない。見えざる縄から、自らを解きほぐしつつ、魂の自由を手中に収めることである。己の置かれた現実世界の殻を打ち砕き、その外側から再び現実世界を直視することから始めねばならない。現在の状況が、まだそのスタートに臨むほど熟しているかどうか。いつ何を以てスタートを切るか。

この十一月は例年になく好天に恵まれ、自然は穏和な美しさを存分に与えてくれた。いつまでも名残尽きない秋である。その秋とも当分の間別れねばならない。日記として記録に留めるには余りにも多く、実際これをほんの二、三ページに留めることに今更ながら心残りを感じる。しかし、時は容赦なく過ぎ去っていく。来たるべき未来――それは既に到来しつつある現在となる――の現実に対処していかねばならない。こうした人生のひとときにあって、為すべきことは余りにも多く、為しうることは余りにも乏しく、時間は余りにも少ない。だから、過去を振り返るゆとりなど殆どない。回想なり、後悔なりは、諸悪の根源ではないか。図らずとも人がそうした回顧趣味に浸る間、その人は〈現在〉を蔑ろにしているからである。悪は、ときに現在的空虚から芽生えるものである。

一九七七・一一・？

中井正一著『美と集団の論理』

嘗て一読したことのある名著だが、再読の必要を感じて入手する。著者が嘗て国立国会図書館の初代副館長という立場で、図書館の激務に苦闘した経過について、同じ図書館業務にあって思い当たることが多いのではなかろうか。スケールこそ異なるが、同じ状況の中での一つの個性が考えられる。もともとユニークな哲学者であるこの人の日本でも稀な図書館哲学（註）にも触れておきたい。急にそんな思いを抱いて一つの壁に突き当たったわけである。

現在再度読みつつある『美と集団の論理』（久野収編）には、昭和初期から戦中にかけてのあの暗い時代にありながら、かなり思い切ったユニークな論理の珠玉の労作のみが集められている。やや分かりづらいところもあるが、外に対しては主体的現実の把握を基調としていて、哲学的考察のメスを個体から集団に照準を移しているところにユニークなものがある。特に美学の分野に於て、「スポーツ気分の構造」の一文には、著者のエネルギッシュな感覚が如実に示されている。注目すべきことは、肉体を駆使するスポーツの実存性であり、そこには更に肉体を超えたところの精神の快感にまで到達する。また、そこにはスポーツに限らず汗を流すことの有意義性が見出され、あらゆる艱難、辛苦を乗り超えた者の真の悦びの再現が力強く唱せられている。氏の哲学に触れるには、氏の人柄をも予め識っておかねばならない。書物だけの通り一遍の知識のみで、中井哲学を云々することは却って本質を歪めてしまう危険性があるのではないか。

一九七八・四・五、二七

(註)

旧来の保存中心の図書館から、利用者を主体とした図書館相互のネットワークのための総合目録の確立、更に書誌的情報化の発展を目指すことにより、当時の図書館に画期的な新風を注ぎ込んだ。

時間・体験・自己同一

一週間以上も日記から離れると、ずいぶんさぼってしまったように思える。全く時間が足りない。つくづく一日二十四時間を五十時間にしたくなる。一日一日が逃げて行くのだ。それの首っ玉を摑んで絶対に離すまいと思ったことが何回あったことか。その傍らから水のように時間は流れ去って行く。することが多ければ多いほど、書くことも多くなる筈だが、仮に時間にゆとりがあって何とかノートに直面したとき、つい今し方まで考えていたことは泡のように消え去ってしまう。刻、一刻、時は流れ、白い紙との睨めっこは続いていく。自分がこれまでやってきたことは一体何であったろうか。五十年近くの歳月の集積から何を得ることが出来たのか。何か知らないが、馬車馬のように目先の仕事に追われ、前途を見通すすべを失ってしまった揚句、たまたま同じ場所の堂々巡りにすぎなかったことに気が付く。唯そこの土を荒らしただけに過ぎず、結果としては何の収穫も出来ていないのだ。過去を振り向くということが殆ど無意味であるにも拘らず、何かを意味させられるということからの解放を望むあまり、敢えて過去を振り返るのを回避して生きてきたに過ぎない。唯々、現在にあるのみ——現在こそ免れることの出来ないもの——それによって生き続けるのみ——これは己の内部の声であり、今でもその内なる声によって生き続けている。この延々として続く時間のフーガの中に光と闇とが交錯する。その中にあって、現在のノートに再び眼を据え付ける。これは一日のほんの僅かな時間に過ぎぬ。時間と全ての歴史をこの一点に凝縮せしめる。意識が弱まったとき、その力は鈍く散漫になり、意識が強まったとき、その力は集中的な求心力を回復する。これは全く期せずして起こりうる。意識の集中力には絶えず盛衰が伴う。しかも時間には関係なく、その力は咄嗟に湧き出てくることもあり、如何に求めてもその片鱗さえ示さないこともある。

断片的な時間を如何に有機的に関連づけるか、一日の中の大半は食わんがための雑事に忙殺され、就寝前の束の間の時間——それも必要な睡眠を避けて贏ち得たところのほんの僅かの時間——即ち、金の砂のごとく一粒だに失うことの出来ないものなのだ。時間と時間とを繋ぎ合わせるという無意味な作業、夫々がバラバラでありながら全て引っ括めて何か意味を持たせるという果敢ない努力がどれほど続けられてきただろうか……それはさておき、このところ所謂〝日記〟なるものから離れてしまった。一日一日何が起ころうと構ったものではない。この辺りで日記ならぬ日記が出現するであろう。ときに時間の逆流も考えられる。これこそ形式に囚われない己自身の奔放な時間の記録に外ならない。一日にして二十四時間という時間の制約から脱皮しうるか。敢えてこの冒険をすることは、むしろ自然の成り行きではないか。処どころに日付と時間をちらつかせればそれでよい。

単一な生活にあっては、内部に多様性が見出されねばならない。むしろ、それの培養として単一な生活が条件となる。プルーストの『失われし時を求めて』は、それの典型である。現在の生活はそれの培養の唯一の機会でもある。それ以上も、それ以下も、現在としてはあり得ない。

ノート上の時間は、ときに逆転し、且つまた進行する。絶えずダイアレクティックに作用する。唯、連綿とした時間の流れとしてではなく、ときに欠落や停止をも伴う。即ち連続体であるフィルムの一コマ一コマを非連続として捉え、そのときどきの視角によって生じる意識内の重複部分を処理していかねばならない。通俗的な時間を超えたところの夢の時間も現実として与えられた時間の一要素である。夢の記録は超現実にあってそれを試みるための一つの手掛りに過ぎない。超現実の世界から再び現実が覚醒させられる。夢を記録することはそのための再生手段である。

人生は――と云えば、結局経験によって語る以外にはない。先人の残した如何なる高邁な哲学や思想も、殆どは経験によって得たものであり、ア・プリオリな解釈でさえも内的経験のカテゴリーを上回るものではない。自分にとっては全ての経験が貴重なものとなる。たとえそれが、外から与えられ意にそぐわないものであるにせよ、一旦己の胎内によって還元させられることとなれば、逆に自分がその体験の主としての権利を獲得することが出来、全てを〝己のもの〟として所有することが出来るのである。外から与えられるものも、全て己のために存在する。一つの存在としての己の証しを立てるために。それにより純化された完全な自己同一（アイデンティティー）が実現される。世に謂う時間が解決するとはこのことであり、当然のことながら、そこに辿り着くまで幾多の困難な道程がある。これは長年の間、テーゼとして捉えてきたものであり、幾多の紆余曲折を孕みながら至ったものであり、無論こうした思考に対してのアンチテーゼは存在する。絶えず付き纏ってきているもの、時には強く感じ捉えられてきたもの、時には宿命的にそれに辿り至らざるを得なかったもの、等々、不可避的な要素としてのアンチテーゼを想定する。ここではそれが何であったか具体的に触れることは差し控えよう。

時間は何と疾く過ぎ去るものであるか。もう現在が何時であるかということすらも分からなくなってきた。現にこの文字を刻んでいる時間でさえも。一日二十四時間では短過ぎるということは、余りにもやることが多過ぎるためである。絶えず何かに追いかけられているという妄想に付き纏われているからだ。それは刻々と確実に近づきつつある死の幻影によるものだが、これまでときたま死について考えることはあっても、それが自分にとっては具象的な暗い翳りとしてではなく、時間の永遠の断絶として受けとめられる。即ち死への怖れはその時間の断絶により何もすることが出来なくなるという強迫観念に似たものである。同時にそれは、人間の時間の有限性に対しても向けられる。死には暗さも明るさも存在しない。唯あるのは透明な永遠の静止に過ぎない。毎日このような時間の疾さから推量すると、他に何が出来るだろうか。人間一生の間には、考えること、為すべきことが余りにも多過ぎる。それに対して時間の少なさから、自ずからテーマはいやがうえにも縮小されるのは当然である。然らば一体、何を以て究極のテーマとするべきか、いまだに摑めない。この巨大な迷妄の中にあって、月日の流れを徒に忌まわしく感ずることは、何と非生産的なことであろうか。たとえ虚妄であっても生の充実が感じられれば、それはそれで生産的であると云える。時間に使われることから時間を使い潰す方向への意識転換が自ら要請されるのである。死について思うことは、死をいわば仮想敵国として、それに対処すべく現在の充実を図ることなのである。

一九七九・二〜六

東京大空襲を想う

早乙女勝元著『東京大空襲』を読む。何故今更このようなものを急に読む気になったのか。空襲当時横須賀にいて、日記に書いていた当時のことがありありと脳裡に刻みつけられている。あの寒かった風の強い夜、東京の下町一帯が火の海と化し、親戚にも犠牲者が出た。何か暗く、頭上にのしかかってくるものが感じられ、じかに体験せずとも三浦半島の一郭から血のごとくに赤く染まった帝都の空を異様な興奮で望見していた想いは忘れられない。その後、広島と長崎に原爆が落とされ、戦争の悲劇はその方にとって替えられたが、現在かくも安閑として生きていられることが、当時から見て夢か奇蹟のように思えてならない。当時の差し迫った情況をこの記録から拾うことにより、生の価値を再確認するとともに、またもや戦争の危機に追い込まれそうな世界的不穏の八十年代の初頭に当たり、平和への祈願を一層深めたかったからである。いや、こんな大袈裟なことを思い巡らしてこの本を読み始めたわけではない。意識の奥底にはこうしたものが宿ってはいるが、殆ど衝動的にとりついたといってもよい。

『東京大空襲』を読んでいるうち、今更ながら三月十日の物凄さに震駭させられる。僅か一晩、それも二時間二十分くらいで八万の市民が生き地獄さながらに焼死体となる、その有様を何と想像したらよいのか。狂気のごとく奔走する群集の阿鼻叫喚が聞こえてくるようだ。云うまでもなく、広島・長崎の原爆災害では一瞬にして地獄絵を出現させたのだが、東京の場合は群集が二時間余り逃げ場を遮る業火に戸惑い追い回されながら、次々と生命を断っていくまでの経過が、なんとも痛ましく目に映るのである。広島・長崎ではそこまでの経過はなく、ピカドンで人間を殆ど動けぬ状態にしてしまったこと。時間的に先験的恐怖感を与えることなしに、ただちに死に至る肉体的苦悶の地獄絵となしたことに対して、東京大空襲では、生命の極限まで人間を動ける状態にしておいたままで焙り殺していく。これは、集団火刑同然の残虐さである。これには肉体的苦痛、惨状は勿論のこと、それに心理的な恐怖感が一枚加わる生の断末魔の様相にあるとでも云えよう。パニックの渦中にあって、助かろうという一心で人は火のないほうへ殺到する。しかし行く先々に火の手は上がっていく。熱風に煽られながら行き場を失い、死んでいった人々はどれだけいただろうか。当時の体験者としての著者は、既に肉親、兄弟・姉妹、わが子を亡くした人々から詳しく当時の状況を語ってもらい、出来る限り当時を再現するような形で、その恐ろしさを一冊に纏めているが、インタビューの最中に体験者の殆どが、話の途中で絶句してしまったと語っている。さもありなん、恐らくそれを体験し、目の当たりにした人ならば、まともにそれを語るだけでも並大抵ではあるまい。空襲のつい一、二時間前まで、親、兄弟睦まじくささやかな団欒に溶け込んでいた一家もあった筈だ。一夜の空襲で互いに行方不明となり、生・死を分かつ運命になろうとは！　戦争の犠牲者として最前線の兵士達にも増して、これら非戦闘員である老若男女の一家全滅、一家離散はこの世での最大の悲劇である。焼死体は悲劇性を更に高める。既に日本本土が第一戦と化していたのだ。本当のところ、実際の体験者でない限り空襲の恐ろしさの実態は分かるまい。直接経験のない自分など、このことを云々する資格さえもないのである。

早乙女勝元の一冊――その一字一句刻まれたところの活字――によって、そのときの情景を追体験するのみである。あの赫々と夜空を血に染めた遙かな火の手によって、自ら抱いた想像のみが独り歩きする。著者を含めてそれの本当の体験者は、この悲劇を何と世間に訴えかけるべきかを苦慮していたに違いない。戦争なのだから、と当時はお互い様に文句さえ云えなかっただけに、その僅か五カ月後に終戦を迎え、人の一生の明暗をかくも歴然と分け隔てたことにつき、なお更無念の思いに駆られたことであろう。戦後三十五年になる現在では、日に日に風化の兆しが濃くなりつつある。原爆のことは辛うじて念頭に留められてはいるものの、体験者でない限り、三・一〇のことは心にもないという世代が殆どだといってもよいのではないか。だが、面白いことに、この本を読んでいたらうちの高校二年の息子が、一寸この本に関心を示した。恐らく著者の名前を知っているせいもあろう。何か救われた気持ちになる。
土曜日の午後、池袋のサンシャインビルの展望台に上って外界を眺め渡す。何か動く玩具の世界を見ているようだ。それともアメーバか、蟻の世界か。乱立するビルは墓標のようでもあり、木造家屋はマッチ箱といってもよい。三十五年とはいえ、よくもこれだけになったものだ、とは今更ながら思わない。果たして喜ぶべきか、喜ばざるべきか。眼下の密集を眺めているうちに、かの『東京大空襲』の口絵写真をふと思い起こしたからである。当時と現在とでは密集度や人口とでは格段の差がある。今、即座にあれだけの焼夷弾が投げ込まれたら、池袋周辺は殆ど廃虚になってしまうだろう。地上の車の数は量り知れない。大敵は何といっても大地震である。不可抗力で食い留めることの出来ない点で脅威の王座を構えているが、それだけに、かつての戦争の恐ろしさが念頭から離れつつあるのは遺憾である。もし、早乙女勝元の『東京大空襲』が世に出なかったならば、と思うと、あの最大の悲劇は時代と共に永遠の闇の中に葬り去られてしまうであろう。

一九八〇・二・六〜九

詩人・吉田一穂

嘗て、『古代緑地』を読み、甚く難解ながらも、その存在的至高の世界に一時は少なからず魅力を覚えていたが、その後、遂に吉田一穂という詩人を知らずに何年も過ごしてしまった。それがつい最近、古本屋の書棚でふと手に入れたのが『詩人・吉田一穂の世界』である。この詩人ついて、作品は勿論のこと、その人柄にも多かれ少なかれ触れえた数少ない人達の執筆によるものであり、また冒頭には、詩人自らの講演も掲載されている貴重な資料である。この一冊で、この詩人に就いての全貌が明らかとなる。貧窮の中にも自ら孤高を誇り、野武士的な気概を以て自らの信念を貫き、世俗的なジャーナリズムに迎合することがなかった点、日本の詩人の中でも稀に見る存在であった。というよりも、謂わば詩人としての生き方を地で行ったものと云える。この一冊を読むうち、自他共に厳しい詩作の道にありながら、芸術家特有の底抜けのユーモラスな一面を感じさせられた。日本のような精神的風土にあっては、不遇の詩人には相違ないが、そうした境遇にも拘らず、自らの意志を貫いたことは立派である。現代のように、詩を書いていてもなんとか食っていかれる時代とは異なる時代に、飢えをも覚悟で詩のみによって生活するなどとは、常人には考えられない。

『古代緑地』以外の詩集——書店で見かけることは少ないが——についても、こうした生活の厳しさを踏まえながら一読してみたい。『詩人・吉田一穂の世界』の執筆者の一人に、音楽評論家の吉田秀和がいる。たしか、氏のエッセイ『ソロモンのうた』にもこのことが出ていたように記憶している。一穂の周辺には、いわゆる文学臭をひけらかしたような文壇人などとは異なった科学者、哲学者、音楽・美術評論家といった類の人達が多かったらしい。勿論、萩原朔太郎のような著名な詩人も出入りはしていたのだが。但し、詩は文学の中でも最も純粋なものとして自然科学や哲学と共通な何ものかを持っているが故に、他のジャンルとは区別していたことも亦事実である。

一九八一・一・一八

肯定的精神

偶然にも書店で見出したささやかな新刊書。尾崎喜八著『わが音楽の風光』……恐らく氏の晩年纏められたものと思われる。自然と音楽に対する共感の珠玉の作である。純粋なるものに対する多感な氏の心眼が深みを加え、氏独特の人間的な愛と情感が一段と柔らか味を増し、それが日々の悦びと化していく。ときには、それが有頂天となって、ややドグマティックな気配を感じさせぬこともない。それが鼻につかないということは、毒された知的な詩人としてではなく、大らかで繊細な自然によって絶えず純化された詩的精神の持ち主であるからであり、良い意味でドグマティックとでも云える。

音楽に於ては、先ずベートーヴェン、バッハ、モーツァルトを愛し、シューベルトの歌曲「冬の旅」の詩心にとりわけ共感を抱き、晩年は、バッハからそれ以前のバロック音楽にも心魅かれていたほど。高齢にしてはナイーヴな精神の持ち主として、ユニークな存在であろう。氏の日常生活にあって、いろいろと人への面倒見の良かったことも書物の中から窺い知れる。

自然・音楽、それらへの愛、そして人々との融和という理想的な生活の典型であり、いわゆる世の詩人の生き方としてはむしろ別格である。萩原朔太郎や吉田一穂のようなタイプの詩人とは本質的に異なる。白樺派文学が、文学界の中である別格の場にあったように、そこに何かドグマを感じさせられる。芸術家や作家、詩人には、肯定的精神と否定的精神の持ち主があり、尾崎氏は明らかに肯定的精神の持ち主と云えるのではないか。危うく自分を忘れそうになる。内心苛立つことが以前よりも少なくなってきたのは、歳と共に精神までもが磨滅していく証拠か。それは日々魂の精力の減退を意味している。尾崎氏のようによき糧を得られる環境にあった恵まれた詩人は、肯定的精神の極致によって、己自身を高めることが出来よう。しかし、それに至らぬ日頃の模索者には、時に否定的精神の黒雲に襲われる。むしろ自らの土壌として常にそうした状態にある。同じ自然を、同じ音楽を愛している身であって、何故そこに隔たりが生じるのか。自然への没頭の仕方が異なるのか。そこには自然とか人間とかを超えた〝愛〟の問題があるのではないか。本当に〝愛〟は肯定的精神の代物であって、否定的精神からは得られないものであろうか。否！〝愛〟とは両者を包括するものではないのか。自分としてはまだまだそれ以前の問題がある。だからそれに就いて言葉として表現することに躊躇いがある。

一九八一・四・？

ある言葉との巡り合い

じっとしていてはますます落ち込んでいく。このままではドン底の淵にまで沈み切ってしまうのではないかという危機感に苛まされながらも、ある底点で何とか己が支えられているのも、微々たる読書を通じて得られる言葉の持つ潜在力の然らしむところではあるまいか。何とか力づけられようとして意識的に読むことは徒労を重ねることになるが、読んだら忘れてしまうくらいに、淡々として読み進むうちに、これぞという言葉に巡り会うことがある。現在読み続けている『森有正の日記』――時には中断し、時には一旦読み終わったページを繰り返して読む――ようやく後半に入り、著者の潜在的な魂の高揚がひしひしと感じられてくる。人生に対する本質的な取り組み方、それは単なる言葉の技巧に留まらず、絶えず出発点に己を引き戻して全人的に取り組んでいこうとする赤裸々な魂の告白の記録である。

『森有正全集』第十三巻によって把握出来る限りでは、恐らく一九六七年、氏が五十六歳、まさにその年の暮れのブルターニュへの旅を中心とした最も充実した時期と考えられる。その結集した時期を土台として、思想的にもより一層磨きがかけられていく。〝死〟について思いを馳せ、それを前提にして生を突き詰めていく生活態度……即ち、これは著者の実存的取り組み方としての本質を凄まじいくらいに顕示した観点の一つであろう。著者の眼に映じたブルターニュの暗灰色の海の風光は、人間の宿命的な〝死〟のモチーフに通ずるものであろう。日記もこの辺りに来ると、嘗ては冷静を持していた森氏の文章には、時に自己陶酔と見紛うところもあるが、ますます熱せられてくる内面的発想の噴出から生ずる魂の振動を伴っている。五十六歳にして決定的に何ものかを摑み得たこと。それこそ一つの出会いに外ならない。それを自分という一人の人間の極限状況において把握するという一節がここにある。

「一人の人間の限界がついに露れるに至った時には、用心深くあれ。一歩といえども今後は極めて危ういのである。なぜなら一人の人間は物ではないのだから。これはその人にとっての出発点でもある。限界を前にしたら熱意をふるい起こさねばならぬ。限界は終点ではなく、一つの始まりあるいは始まりを告げるものなのだから。」(『日記』一九六七・一二・三〇)(註1)

五十六歳の著者はこう云っている。何と勇気を奮い起こさせる言葉であろうか。

「年末にあたって、僕にとっての大事件は、ついに自分の運命に出会ったことである。」(『日記』一九六七・一二・三一)(註2)

〝運命〟という言葉には些か引っかかりを感ずるが、ある一つの決定的な出発点をこれから汲み取ることが出来よう。想えば、今日は嘗ての東京大空襲のあった忘れ難い日である。本来ならばそれに就いて何か書くべきところだが、森有正のことで頭が一杯になってしまった。当時死んだ人達にとってこそ、あの日はまさに〝運命の日〟とでも云えるものではなかろうか。まかり間違っても人類の悲劇だけは繰り返してはなるまい。

一九八三・三・九〜一〇

（註）

1 『森有正全集』（筑摩書房）十三巻　P．377

2 同　P．387

星野富弘詩画展を観て

大学チャペルの主催による星野富弘氏の詩画展を観る。星野氏は昭和二十一年生まれで群馬県のある中学の体操教師であったが、就業二カ月後に体操指導中転倒して頸椎損傷、まさに九死に一生、幸い生命は取り止めたものの寝たきりの車椅子生活となり、体操教師としての再起は全く不可能、意識があるために散々悩み抜き、多少の持ち前の才能で口で筆をくわえ、花の絵を描き自分で詩文を添えて額にした。何点か作成し、家族の協力も得て遂に一冊の本に纏め出版した。その本は現在大変な売れ行きだそうである。

チャペルには詩と絵が五十点ばかり展示されており、一点一点珠玉の作品である。全く口だけで描いた絵と詩文は、人間業とは思われぬ造形的にも趣深い味わいが滲み出ている。星野氏はまたクリスチャンでもあり、生と心とを愛する。母親の影響は強く、詩文にもそうした香りに満ちている。

詩画展を観た後でI氏と〝栞〟(喫茶店)で話す。人生、誰しも不慮の事故はいつ起きるか分からない。もしこうしたことで〝身体障害者〟となった場合どうするか、我々凡人には星野さんの様に〝禍転じて福となす〟とするだけの才覚と努力、不屈の精神、忍耐力といったものが具わっているかどうか、星野富弘氏の所業にはつくづく頭が下がる思いである。

＊　＊　＊　＊　＊　＊　＊　＊　＊　＊

再度星野富弘展を観る。ベッドに臥したまま口に筆をくわえ制作しているところ、車椅子で花の収集をやっているところなど、ビデオでも紹介される。若い女性や年配の紳士も見学に来て感想文を事細かに記している。こうしたことは最近では珍しい。世の光はまだまだ消え失せていない。真心というものは、神に通じるものがあるに違いない。同時にそれは人にも通じるものである。最高の喜びとは何であるか。

＊　＊　＊　＊　＊　＊　＊　＊　＊　＊

この命題について少し考えてみたい。その喜びとは、ごくあり来りのものの中から見出されるものではないのか。星野富弘氏が追い求めてきたものがそこに在る。

今日は雲の多い一日だったが、上空は澄徹し切って西からの雪雲残滓が地上に翳りを落とし、斜光によって明暗のコントラストを際立たせる。今日一日はごく平凡な過ごし方だったが、ごく身近な可視的自然の美的変化に堪能させられた。こうしたあり来りの自然現象をいながらにして体得しうること、これはとりも直さず生命あってこそ出来うることであり、全くの受動的行為ではない。視覚のみならず全神経によって得られることである。こういうことは読書にも替えがたい。あらゆる芸術であれ文学であれ、自然のかくなる原風景によって触発されるものではなかろうか。

生きていることの実在感とは？　まさにこれなくしてはあり得ない。自・他ともに生きることへの愛、せいぜい短い人生である。自然の与えるものを十二分に享受することにより愛を識る。従って自然に対する執着即ち愛は、一度致命的な病や怪我などから奇跡的に助かった人にとっては、量り知れないほどに苛烈なものとなる。

こうした体験のない自分には、そこまで分かる筈はないのだが、星野富弘氏の詩画展を観て何かありありと実感以上に迫るものがあった。これは執着などという言葉では到底表現され得ない。草花の心を捉えようとして言葉で言い表そうとして逆に描かれた詩・画が草花自体の発する言葉となって筆者に話しかけてくる。両者の対話でなくて何であろう。如何なる科学も学問も到底及ばざるところである。科学的に未だ解明されざる心の領域、そして見えざるものに対する交流と対話、それがどのような形であれ生命ある者にとって少なからず精神的刺激を与えるものである限り、所謂〝奇蹟〟という事実を否定することは出来ない。

精神的感化によって何かに近づいていくと云う人間生活の一現象は感情移入の原理からも認められるが、更にそれを超えたインスピレーションの実在について、まだまだ未知の世界があることに疑念の余地はない。

一九八七・一・二〇
一九八七・一・二三
一九八七・一・二五

『日経』『朝日』の文化欄より

山のように溜まった新聞をアトランダムに追っていくと、『日本経済新聞』の文化欄の「私の履歴書」で比叡山長の葉山照澄氏には教えられるところが多い。

旧制六高から東大哲学科に入り、ドイツ哲学の視点で仏教の本質に迫り、大正大学で教鞭を執ったりした後に僧職となり、四十歳にして叡山で千日回峰の荒修行を行う。飲まず食わずを九日間続け、生死の境に達したという。もともと檀家で生まれ育ってきたので坊さんの生活ははたで見てよく知っていた。坊さんと云えば世間から不労所得で飯を食っているように見られるが、自分だけはそう思われたくないという考えから、最も厳しい修行を自ら課した。それが自分に道が与えられ、仏教の真髄を究めることが出来た。更にそれを超えてより広い精進の世界に接し得た悦びに接していると云う。

同じく『日経』の十月三日の「こころ」に梅原猛氏が、『火の神と森の神』と題して民間信仰について書いているが、我々が嘗て昔の教科書で教わった「日の本」の日は、むしろ火によって替えられるべきで、日の神は火の神であってこそ相応しい。太陽は、森本哲郎氏が称するように、アフリカやインドでは暑熱の権化から悪魔的なイメージが強いが、火については古来からの人間生活に密着しなくてはならぬ存在である。民俗的に実感が得られるのも火についてであり、火の神こそ人間の敵ではなく味方なのである。梅原氏は、火の神と同時に森の神や山の神をも挙げている。伝統は状況に応じて変容すべきであるという説は注目に値する。より良きものが残り、創造の知恵が民俗文化を育んでいく。伝統の良さはこうしたところにあるのではないか。山に登り野を歩くとつぶさにその良さが感じられることがある。自分は梅原氏のように殊更多神教を奉ずる者ではないが、神は絶対に一つなりと断言することも出来ない。大まかに云って、山とか森とか、火とか水とか、こうしたものを引っ括めて自然神といったものが存するのではないかと思っている。山の大自然や田園ののどかさを見て、心が異様に引きつけられるときには、人為の及ばざる大自然の創造主を心の中に抱かせられる。その神秘に触れるときに肌合いに感じ取れる霊気といったもの、これは民族意識を超えた次元に於て感じ取れるものであると云うことを付け加えておきたい。

十月十四日の『朝日』夕刊の文化欄に、マックス・ウェーバー学者として知られる横浜国立大学教授、内田芳明氏が『風景の美学』という新しい学問の視点を築きつつあることに注目される。これは今まで殆ど顧みられなかった領域である。むしろこれからの新しい創造的領域でもっと身近な処に位置するものである。美学と云えばこれまで美術とか建築、彫刻、音楽などと、人間が創ったものを対象としていたが、全く人手の加わらぬ自然にもそれが存在することが知れるようになった。季節の自然の変化、雲の形や色、それの変化、山や川、海の美観等々。それ等はむしろ人工以上と云ってもよい美を出現する。内田教授はそれらを都市空間との関係において論じている。これは大変興味ある領域だ。自然なしでは生活出来ない。これまでそれを放逐し捨象してきたがために、現在の文明生活に荒廃を来して文明生活それ自体が廃退しつつある。都市空間で、自然の美を再認識すべきであること。西欧的に考えるならば、キリスト教との関係を重視する。内村鑑三が自然美学的な先見者であったこと。当時は思想的にも斬新で注目に値する。自然美観などを云々すると、唐人の戯言の如く世間から思われていた。こうした風潮が現在の荒廃を招く結果となったのではないか。なくてはならぬものが、こうして冷遇視されてきた。現在では自然美は衣食住同様、人間の生活の必需品である。従って自然美学は唐人の寝言ではなく、実践哲学となるのではないか。内田教授の学説には大いに期待すべきものがある。

一九八七・一〇・二五
一九八七・一一・八

生・死の境を越えて

勤務先の退室を一時間ほど繰り上げて、S氏とOさんとでI氏宅を訪問。三月一杯で病気退職を願い出て、それが決まってからもう一カ月にもなるが、なかなかお見舞いにも行けなかった。S氏が行くので、急に同行を思い立ったわけである。いつだったか、練馬の日大附属病院に見舞いに行ってからもう大分経つ。それ以来、I氏夫人とは電話で取り交わしたに過ぎない。亀有の自宅訪問はもう何年振りとなることであろうか。駅周辺も変わり途中の道路にも家はびっしり詰まっているが、目標の風呂屋もなくなり、少なからず戸惑う。

I氏宅には、新装なってから恐らく初めてか。ご本人に会い、血色は良く、かなり回復が見て取れる。話していて大概のことは通じるが、記憶力や話し言葉に多少の障害が残っている。不幸にも脳梗塞を誘発させた原病の糖尿病が完治していないので、食べ物は厳しく制限されている。右手はまだ不自由、しかし左手オンリーでやる陶芸や貼絵など幾つかの作品を示して、それに生き甲斐を見出すなど、着実に第二の人生を歩み出している。そうした積極的な姿勢は

I氏のパーソナリティーがあってこそ出来るのであり、実に敬服すべきことである。嘗て病院に見舞いに行ったときには、周囲に気兼ねし、気を使っていた様子だったが、今日は全く気兼ねなしに思い切り喜びを顔に顕していた。これほど嬉しそうなI氏を嘗て見たことがない。

発作当時のことは全く記憶にないそうで、何がなんだか分からぬうちに、自分が病院のベッドにいることに気付いたそうである。しかし、発作の起こる以前——全く正常なときのこと——についての記憶は定かであると云う。だから発作後の昏睡と、それに引き続いてある程度意識が回復するまでの一定期間を隔てて、その前後は全く断絶していることであり、その一定期間——一週間か十日間か——に就いてはその長さをも全く意識していなかったそうである。このことは胃潰瘍の大吐血で失神した夏目漱石が、『修善寺日記』に書いている時間体験とほぼ似通っていると思われる。漱石の場合はごく短時間だが、これは、一時的に死を体験したのと同様ではなかろうか。死の時間意識は突き詰めれば時間の喪失なのである。肉体的には生きていても、少なくとも精神的には死と変わりはない。こうなると、死そのものに就いて、矢鱈と怖れる必要が何処にあろうかとも思われる。死は生とともに一つの状態であり、怖いと思うのはそれに至るプロセス上にたまたま起こり得る肉体的苦痛に就いてである。勿論病気によってはそれを強く感じるものがあることは云うまでもない。もし不幸にしてI氏が昏睡状態でそのまま昇天したとするならば、彼は自ら全く気付かぬうちに死の壁を乗り越えたことになる。

少し余計なことまで書いてしまったが、今となってはあの時の発作はご本人にとって運命の悪戯という以外にない。人生の一八〇度の転換を、意識せざるうちに強いられたことになる。そして現在、I氏はそれを甘んじて受けとめている——これも本心からとは云い難い。職場を辞することに就いては、何の未練もないとは一応は云われるが……ごく客観的に誰が見ても——これまでの彼の業績から見て——惜しまれて余りある。ご本人が少なくともそれを意識しているとしたならば……内心はどんなにか耐え難いものであるだろうか。残された人生に就いて、人夫々の生き方があり、不幸を転じて幸いと為すことも出来る。I氏にとっては、これからの人生全てこれにかかっている。

S氏も長い間の闘病生活がある。本人にしか分からない体験的苦労話など話は尽きない。I氏もここまで回復するまでには、リハビリなどでどんな苦痛に耐えてきただろうか。まさに一つの「生」を獲得するために夫人の努力も並大抵ではない。頭が下がる思いである。帰りに、そんなに気を使わずにと云ったが、夫人の取り計らいで近くの寿司屋でご馳走になる。年輩の寿司屋の主人は、I氏夫人について神様のような人だ、凡庸な人ならばとても出来ることではない(入院中約一年半、毎日欠かさず五時起きで板橋の病院に行き、帰宅は夜の十時を過ぎたそうだ。全て主人への献身に費やされ、今は自宅ででも全てそのために費やされている)と感服して曰く。店のおかみさんも、これこそ長年培われてきたお二人の愛情の賜物であると評して曰く。そのときI氏夫人の目に僅かながら光るものが浮かび出ていた。このとき夫婦のあるべき姿を見せられた思いである。それは如何なる状況にあっても、九死に一生を得てこそ辿り着けるものである。

一九八八・三・七

雪の日に寄せて――雑感――

昨夜の予報がピタリと当たり、未明より雪。朝は一面の白一色。九州南沖の低気圧が発達しながら北東進、関東平野の典型的な大雪型である。雪は一日中降り続き、池袋では五～六センチ、所沢では一〇センチを超す。一昨年の冬以来で一月としては珍しい。これまでの記録的なものから見れば物の数ではないが、昨年のような雪を見ない暖冬を経ると、本来の冬の季節感が舞い戻って来たような気持ちになり、白一色の世界を見ることにより童心に戻ったような思いがする。やはり冬には雪はなくてはならないものである。

雪があるとないのとで地域的文化圏をバッサリと二分しているだけでも、雪の存在は大きい。太平洋側でも時たま今日のような雪の顔を見せてくれるが、冬には雪に埋もれていると思われる日本海沿岸をいつだったか旅して、雪がさっぱりないのを見て何か不自然なものを感じた。その地方の雪への期待も大き過ぎたのかも知れないが、空の暗さのみが眼に映った。雪の白の世界よりも雲の暗灰色の世界なのである。むしろ太平洋側の梅雨末期を思わすような色合いである。たとえ雪が降っていても、日本海側では暗澹たる空から降ってくるものであり、太平洋側では万遍なく掩われた白っぽい乱層雲から降ってくる。それだけでも異なるし、雪の発生パターンが両者相反するものであることから想像もつく。

話が余計なことに移ってしまったが、通勤では多少難儀はするものの、東京辺りではひと冬二、三回位の大雪の洗礼を受けたほうが為になるのではないか。現代の都会人の奢りを少しでもなくすために、手酷しい自然の桎梏を受けたほうがよい。自然による試練と共に、その素朴で純粋な美にも触れることが出来、謂わば甘辛両方を体得することにより、人間の本来の心を取り戻すことが出来るのではないかと思うからである。同時に雪は、大都会の汚れた空気を浄めてくれる大いなる利点を持っている。

＊　＊　＊　＊　＊　＊　＊　＊　＊　＊　＊

翌朝眩いばかりの雪晴れ、雪はバリバリに凍りついている。以前こんな朝などは物好きにも積雪帯を闊歩して雪景色をカメラに収めたりしたものだ。とにかくじっとしてはいられなかったものだが、もうそんな気にもなれない。積雪十五・五センチ（朝日新聞に所沢の積雪が載っている）位は大して珍しくない。今回はカメラも出さずじまい。これこそ年取った証拠である。身体もどこか重ったるく、疲れ易い。食べてもすぐまた腹が減る。腹が減れば身体ごと総崩れになるように力が抜けていく。考え事にも重量感が伴わない。徒に消耗して残るものがなくなっていくようである。

＊＊＊＊＊＊＊＊＊＊＊

雪は凍りつき寒の極みにあるうちで、どこか光の春を感じさせるものは、日の暮れが遅くなったことであろう。帰る時間が明るくなる、仄かな春の香が漂う。一寸した街角から遙か遠い過去の世界、まだ体験もしていない中世・ルネッサンス頃の美的感覚の誘いが音の世界からやって来る。

ギヨーム・デュファァイの「ミサ・ス・ラ・ファス・エ・パル」（ミサ曲・もし私の顔が青いなら）やジョスカン・デ・プレの「第六旋法によるミサ・ロム・アルメ」（ミサ曲・戦士）等の譬えようもないポリフォニーの美しさ——一時期フランドル地方で栄えた芸術の極致——に今宵のバラ色の夕映えのようなほの明るい幻想を感じさせられる。その時代以後の如何なる作曲者の手によっても為し得られなかったほどの、その時代特有の美を形造っていると云えるが、人声による合唱を主体としていることから、如何に人声に楽器を遙かに凌ぐ美があるかと云うことも痛感させられる。

中村元と梅原猛の新春対談（朝日新聞一月十六日）での〝生まれ変わり信仰〟によって仮に人が死んだ後、時空を超えて日頃想像していた過去の世界に往き再び現世に生まれ変わって生を受け、その後死んで再び別の或る世界に行くなどと云うことが本当にあり得るとするならば、これほど楽しいことはないだろう。先ずはフランドル楽派の栄えた時代にその地に行ってみたいと思うが、単なる旅ではなくそこでの生を時空を超えて体得するとなれば、今ここでこんな想像に遡っていることからも全く断絶されてしまう。即ち無記憶によって遮断されることになる。彼岸にせよ、現世にせよ、それについて云々することは、現時点を踏まえて心のみが未来の旅を夢見ることに過ぎないのだ。と云ってしまえば、元も子もない。ただ死後の未知数の世界についてどう思うかということは、生きている限り誰しも少なからず関心を抱いている。宗教が何時の時代にも滅びないことはそのためであり、敢えて〝宗教的〟という言葉で表現せずとも、未来に対する憧憬とでも云うべき心理状態から知らぬ世に憧れるのである。それは現に生を受けている現在が余りにも貧しい——精神的な意味で——からに外ならない。

天の便りである雪は、現世にあって、この貧しい心を少しは満たしてくれるものであろうか。

一九九〇・一・一六〜一八

小林秀雄の講演テープ

新潮社発行のカセット文庫・小林秀雄講演集は昭和三十六年、四十五年、四十九年、そして最終の五十三年収録のもの。夫々二本一組となっていて、全部で四組となる。最終録音から四年七カ月後に氏は亡くなっている。おおよそ、小林秀雄晩年の思想傾向はこれだけで集約される。昭和三十六年頃のベルグソン傾倒から昭和四十年以降の本居宣長傾倒が一本の筋となっている。五十三年のテープでは四十九年にあるような経験主義的反科学的合理主義が更に強まり、ドグマティックな様相を帯びてくる。それでいて随所にさすがに鋭く、ドグマとはおよそかけ離れた質問者に対する精神的な奥行きの深さを感じさせられる。反面、氏自身説明の言葉に窮しているところも聞き取れる。七十六歳にしてまだまだ衰えることなく、肯定、否定はお茶を濁す様なことはせず、キッパリとやってのける。

＊＊＊＊＊＊＊＊＊＊＊＊

一つの個性が文を作る。それが作品になるか、又は評論になるかどうかは別問題である。小林秀雄の講演テープを通して聴いていると、それが一貫して感じ取れる。後年になれば衰えが感じ取れるどころか個性はますます強くなる。確信の得られないと云う精神の裏側には、ドラマティックなほどの物事の信念が働いている。合理主義への不信、非合理世界への思考、現代世界の矛盾を体験且つ認識するところにリアリズムがあり、如何なる科学者もそれを解決することは出来ない。科学は科学者にとって都合がよいように仕向けた代物に過ぎず、考えることから人間を遠ざける。本当に考えるならば、科学などを当てにするな、文明世界とは縁遠い土俗の民族の習慣伝承――即ち科学などでは割り出せない神話――の中にこそ本質的なものがある。現代人はそれを忘れている……と痛烈である。小林秀雄が現在生きていてコンピュータ社会を目の当たりにしたならば何と云うだろうか。文字の発明でさえも、嘗ては記憶により精神的に豊富に育んできた人間の知恵にとっては障害となっている。文字という便利なものが出来たばかりに、人は精神的に堕落してきたのだと云う極論。恐らくこうした奇抜な極論を自信を以て吐いた批評家が他にあるだろうか。小林秀雄のドグマもここまで来ればドグマを超えた次元になる。それでいて聴き手を〝成程！〟と頷かせる。恐るべきカリスマ的精神。もし他にこれの亜流の批評家がこんなことを云ったなら、忽ち疎外され兼ねない。こうしたことを小林秀雄は物事の真を弁えて云っている。科学の不信に就いても、科学の本質を知り抜いた上で論じているからこそ、親身になって聴く気持ちになる。個性的で強い表現にはそのものズバリではなく比喩も伴う。便利なものは人間を堕落させる。科学文明はなお更のこと。文字というものでさえも……と付け加えるが。まさか、文字までなくせなどとは云っていない。人の心を戻すことは、原始世界に戻ることではない。

文字と云うものが人間の精神や心の表現に不可欠のツールであるならば、それの用い方にこそ心を至らしむるべきであり、唯々単に便宜主義のみのためでないことを小林秀雄は強調しているのである。今日のコンピュータなど、インフォメーションツールに於ても然りと云える。心なき無神経こそ現代悪の根源である。連日新聞を賑わせている事件、日常の些細な事柄や、有り余る財力の上に胡座をかいた横柄無礼な心なき輩に対する警鐘も聴き取れる。「君達しっかりしろ」という晩年の小林秀雄の言葉には、未来への危惧が多分に含まれている。つまり、今日のスピード機械を操り、海外では金に任せて高慢無礼な赤恥を曝す日本人の醜態に対してである。本居宣長に戻れということは、現代を見抜いてきた鋭い心眼の至る処ではあるまいか。

一九九〇・五・三

一九九〇・五・八

『小林秀雄講演』国民文化研究会・主催（新潮カセット文庫）収録年月日・場所

一、現代思想について　昭和三十六年八月十五日　於　長崎県雲仙（別巻）

二、文学の雑感　昭和四十五年八月九日　於　仝右

三、信ずることと考えること　昭和四十九年八月五日　於　鹿児島県霧島

四、本居宣長　昭和五十三年八月六日　於　熊本県阿蘇

第二部　音楽論

音楽点描　1

今朝ＦＭ放送で往年のフランスの大オルガニスト、マルセル・デュプレのバッハの『前奏曲とフーガ』ニ長調を聴く。デュプレは昨年八十歳を超える高齢で世を去ったが、ＳＰ時代からの唯一の権威あるオルガニストとして名高い。曲の捉え方の規模の雄大さは、現代のドイツの代表的オルガニストのヘルムート・ヴァルヒャを凌ぐほど。音色が古めかしいのは録音のせいもあろう。

ヴァルヒャのような純ドイツ的な演奏と比較すると、やはりデュプレのは、壮大さの中にもフランス的な優雅さがある。音色それ自体燻んだ柔らかさがあり、それが逆に効果的となっている。クープランやセザール・フランクなどにはうってつけであろう。バッハに対する解釈から云えば、やはり一時代前のものではないかという気もする。十九世紀末から二十世紀初頭にかけてのロマンチシズム的な手法が影響している。パイプオルガンから醸し出す雰囲気は、ゴシック式の大伽藍のなかで天まで届けといわんばかりの壮大な響きの洪水――これは、一市民であり音楽職人であったバッハの音ではなく、大ロマンチストのバッハの音であるに違いない。ここに、人間や歴史を超えた巨人の面影を垣間見ることが出来る。今日のように、バッハの名曲がジャズ化され、小グループのヴォーカルなどにポピュラーナイズされ、お茶の間や店頭で流されている時代に、こうした荘厳巨大な、なお且つ優雅なバッハに偶然出会うということは、それが必ずしも本質的なものであるかどうかは別として、人間感情の聖なる領域の価値観を促すという意味で貴重な音楽であると思う。バロック音楽があまりにも普遍化し過ぎた今日、バッハの追求した精神的な部分すらもその価値を失いかけようとしている。デュプレの記録は、現代の傾向に対して、一つの警告を与えるものと云えまいか。これは自分の時代錯誤的な思い過ごしかも知れないが、パリに長らく滞在していた哲学者の森有正の何かのエッセイに、バッハのオルガン曲はデュプレによって傾倒していたという記事が書かれていたことを思い出す。

［一九七二・三］

音楽点描　2

バッハの最も美しいカンタータの一つ『Ｎｏ．82』のしみじみとしたアリアを聴き、表題通り満ち足りた気分になる。しかしバッハのこの曲に対する〝満ち足れり〟とは、より一層スケールの大きい死線を乗り越えたところにあるのではないのか。また一方、それには生きるに値しない現世に対する諦観をも踏まえている。曲想から云ってもこの世のものとも思われない美しさだ。どんなに苛立ち荒れ狂った心もこの曲によって慰められ、天上にあるように安らかになるに違いない。音楽が人の心に与える感化とは何と大きく、且つ深いものか。聴けば聴くほど深みを増し、たまたま聴かれざる美しい曲を発見することにより、音楽全体に就いての造詣を新たにさせられる。このカンタータは以前フィッシャー・ディスカウのバリトン、カール・リヒターの指揮のミュンヘンバッハ管弦楽団、同・合唱団で聴き、テープにもとり何回か聴き直したが、今日はヘルマン・プライのバリトン、クルト・トーマスの指揮で聴く。夫々個性ある演奏で優劣はつけがたい。しかし後の方はテンポをより遅めにとり、バリトンには枯淡な持ち味が漂っていて、内面的に引きつけられるものを感じた。こうした曲を自然に口ずさむ事の出来るような人間になれれば無上の幸福ではなかろうか。そしてこれを作曲したバッハの底知れぬ神への信仰を通しての人間的な愛の深さに敬意の念を禁じ得ないのである。

音楽点描　3

近頃入手したLP、バッハの『ブランデンブルク協奏曲No.1、2、6』（ブッシュ室内管弦楽団）は一九三五年の録音で、既に一昔前の演奏形態に属する。今日のようにバロック音楽が普及し、多数紹介されることのなかった時代、ごく限られたバッハの曲が演奏され、その演奏スタイルも時代の息を拭い切れなかったのは当然である。アドルフ・ブッシュの率いるこの楽団は、曲そのもののプロトタイプを追求していくという厳しい態度で臨んでおり、現代に通じるものがあるが、やはり初めてこの演奏で聴いたとき、全く別のバッハに接するような時代の差を意識した『No.2』の第二楽章のフルートは、名手・マルセル・モイーズ。味わい深い名演である。現代の団体ならば、要領よく、手際よくやってのける第三楽章は個性的であり、ヴァイオリンとフルートとオーボエの三者が卍巴となり熱演を競う。まさしく名人芸であり、これほど熱のこもった演奏も数少ないのではないか。『No.6』なると出だしから余りにも緩やかなテンポに一寸戸惑いさえ感じさせられる。この曲特有のファンタスティックな味わいも十分出ている。低音域の弦楽器だけの合奏だが、今日ウィーン・コンツェントゥスムジクス（ニコラウス・アーノンクール指揮）が用いているヴィオラ・ダ・ガンバは使用されてはいない。たとえ使用されていたにせよ、録音技術がそれをうまく捉えているかどうか疑わしい。現代の演奏団体が音楽史的考証により、当時の古楽器をふんだんに用いて演奏したものと聴き比べて、ブッシュの方は、一寸聴き劣りがするようだが、何度か聴いていく中に却ってこの方が自然であり、他の演奏がせっかちで不自然に聞こえてくるのだから不思議である。演奏の善し悪しは、技術的な欠陥がない限り、どれをとっても優劣はつけられない。『Ｎｏ．１』は、様々な管楽器を使ったメリハリのきいた万華鏡のような味わいを持ち、デキシーランドジャズでも聴いているようなユーモアも感じさせられる。ブッシュ室内楽団による『ブランデンブルク協奏曲』には、この他『Ｎｏ．３』『Ｎｏ．４』、『Ｎｏ．５』があるが、今回の一枚だけでも曲夫々の多様性と充実感が十分に味わえる。一口に云えば、今日の機械的演奏に比べて熱意のある心のこもった演奏であると思う。人間不在の今の世の中にあって、自分がしきりにブッシュ室内楽団やブッシュ四重奏団によるバッハやベートーヴェンを求めるのも、音楽の中の人間の血脈に生き甲斐を見出すからであり、それの媒介物であるレコードは時代を超えていつまでも接することの出来る唯一の精神文化的所産となるからであろう。

音楽点描　4

最近来日中のオランダのブロックフレーテ奏者、フランツ・ブリュッヘンの名演集――フランシス・デュ・パール（一六七〇?～一七四〇）、ウイリアム・ベーベル（一六九〇～一七二三）、ヤコブ・ヤン・ヴァン・エイク（一五九〇～一六五七）等のバロック音楽の粋を極めた珍しいLP。ブリュッヘンは既にヘンデルの『ソナタ』やテレマンの『ターフェル・ムジーク』（食卓の音楽）等でお馴染みであるが、彼のブロックフレーテの醸し出す鄙びた音色には尽きせぬ魅力がある。ジャン・ピエール・ランパルの醸し出す黄金のケールフレーテの真珠のごとき艶やかさも大きな魅力だが、それとは対照的な素朴な線の太さ、そして古色豊かな鄙びた味わいは、黝く打ち沈んだ山間の湖の静謐すら感じられる。パイプオルガンを筆頭に、木管楽器はブロックフレーテ、弦楽器はヴィオラ・ダ・ガンバ等のヴィオール族によるものなど魅惑は尽きない。最近はレコード界も、バロック音楽の氾濫といえる。特にレコードを買う場合、その選択にはひどく戸惑うものである。何が本当の価値を有しているか、素人には皆目分からない。しかし、J・S・バッハは別として、バロック音楽についてはあまり神経質になる必要はないようだ。近頃は入門書にも目を通してはいるが、もとより素人の立場で鑑賞するに過ぎないのだから、当時代に相応しい鄙びた曲を楽しむことが出来ればそれでよい。自分の遅ればせな音楽鑑賞の基盤は既にベートーヴェンから与えられ、更に音楽の源泉を探るつもりで時代を遡っていく中に、バッハの巨峰にぶつかり、それを究める間もなく、更に時代を遡ろうとしている。最初に精神的な感化をもたらした作曲家から共感の輪が果てしなく拡がって行く。

和辻哲郎の著書『風土』にあるように、〝風土的な要求が精神の形成にあづかる〟という原則論を信奉しながらも、バッハとベートーヴェンとでは、時代の相違から、曲の鑑賞法に於ても自ずから異なってくる。ベートーヴェンでは人本主義的に純個性的な精神的発展における緊張関係を強いられるが、バッハでは和辻的な発想的母体を半ば意識しつつも、絶対者としての神――キリスト教への帰依の下に――超個人的な次元での緊張関係によって前者とは異質的な鑑賞の場に立たされる。やや理屈っぽくなったが、現在の自分の鑑賞能力として、この二者の柱を根底としながらも、音を楽しむという音楽の本来性に戻って、ときに全くの好奇心だけで二十世紀の電子音楽や現代邦人作曲家の東洋的神秘に浸ったり、または、スイス、オーストリアのヨーデルの世界に心酔したり、ウインナワルツの旧き良き時代を懐かしんだりする。音楽の世界は内面的には如何に深く、外面的には如何に広いか量り知れない。人並みにより多くの様々な曲を聴いたり、同じ曲でもある時期を置いて聴いたり、殆ど放っておいた古レコードを取り出したりしてはますますその深みと広さとを感じさせられる。人間に情緒が存在する限り、音楽はクラシック、ポピュラーを問わず衣食住同様、日常生活から欠かすことの出来ぬ代物である。求めるジャンルは人によって異なるが、自ら楽器を鳴らす鳴らさないは別問題だ。そこまでやるほどの時間的ゆとりがない現在では、聴くという行為のみが唯一の生き甲斐となり得るものではなかろうか。

深まり行く秋の夜に、ベートーヴェンの『ディアベリ変奏曲』を何回か聴く。このところレコードともあまり付き合いがなく、『ディアベリ』を買って一年になるが、このシュナーベルによる重厚な落ち着きある演奏により、秋の瞑想の世界に導かれる思いに駆り立てられる。正式には『ディアベリのワルツによる三十三の変奏曲』（ＯＰ・１２０）という一般受けされないテーマのせいか、演奏の機会もごく少ない。しかし内容は素晴らしく、後期のピアノ曲の中でも傑出した一つである。聴く側の主観も手伝っての話だが、三十三曲にも及ぶ変奏曲の中には、骨の髄まで滲み透るような深い神秘的な叙情を湛えているものがある。さすが変奏曲の達人であるベートーヴェンの手腕が余すところなく発揮されている。一曲一曲が珠玉の美しさを湛えながら、曲全体が一つの壮大な構築物を築き上げている、聴いたあと殊更感じ取れるのである。『ディアベリ』よりも規模は小さいが、自分の愛聴している作品として、『六つのバガテル』（ＯＰ・１２６）がある。作曲者自身バガテルとは詰まらぬ小品の意と称したその曲は手軽に聴かれるばかりでなく、簡潔の中にも深い叙情性を湛えている。ベートーヴェンの真髄はこうした目立たぬ曲にあるのではなかろうか。『ピアノソナタＮｏ．27』（ＯＰ・90）もその一つであろう。もしベートーヴェンが有名な『英雄』とか『皇帝』とかいった曲のみで終わったならば、後世の批評家からハッタリだといわれても仕方なかったであろう。ベートーヴェンを『英雄』や『運命』、『皇帝』の作曲家から更にスケールを大きくし、より一層奥行き深くしたものは後期の諸作であると共に、初期から中期、後期に及ぶ大作の位置にあった習作的な類のものでも見逃すことは出来ない。それらが大作の骨子をなし、大作の底に存在するベートーヴェンの本質の根源を形作るものである。それにしても、この『ディアベリ変奏曲』は何度聴いても良い。汲めども尽きぬ想念の泉が、一曲一曲、ベートーヴェンの様々な形態の根源をなして湧き出てくる。又、この曲は昨年の十月、北八ヶ岳黒百合平の幻想に自分を強く導いてくれるものがある。

［一九七四・一〇］

音楽点描　5

ベートーヴェンの『三重協奏曲』（ＯＰ・56）——これは最近、巨匠達の名演のお陰で、すっかり馴染み深い曲となってしまった。ついこの前までこの曲の存在すら知らなかったのである。それが今日では、かの有名な『英雄』や『運命』『第九』等のシンフォニーや『ピアノ協奏曲Ｎｏ．５　皇帝』にも増して耳にすることが多くなった。この曲が自分を捉えて止まないのも、他の一流の曲に内在する観念的な要素とは別の、より人間的なユーモアとペーソスとを伴いながら新鮮な躍動感に満ちているからである。またベートーヴェンには珍しく、複数の楽器による協奏曲、即ちバロック期の合奏協奏曲を模したものとして注目に値する。『運命』や『第九』では、余りにも手際よくやってしまう指揮者・カラヤン流の味気なさが、この『三重協奏曲』では逆に効果的に生かされている。この曲でのカラヤン対ベルリンフィルは打って付けの演奏だ。その上、オイストラッフ（Vn）、ロストロポーヴィッチ（Vc）、リフテル（Pf）三者の呼吸が実によく合っている。こんなレコードには滅多にお目にかかることは出来ないであろう。ヴィヴァルディの『四季』がステレオ化されて日本に嘗てなかったバロックブームを呼び起こしたように、演奏効果の如何によっては知られざる名曲も、偶然脚光を浴びて我々の頭上に燦然と輝くものである。こんなことは、当のベートーヴェンでさえも予想はしなかったことではなかろうか。自分は毎晩この一枚を取り出して聴き惚れているが、今日は久し振りに「弦楽四重奏曲No．11」（OP・95）を聴く。これを聴くとまだ冬枯れの野山を想起させられる。光は春だが、花の春はまだ遠い。膨らみかけた木の芽に非情な寒風が吹き荒ぶ。『No．11』には何かこうした厳しさが漂う。ベートーヴェン自身がこの曲を『厳粛』と名付けた由来もこんなところからだろうと想像される。同じく『弦楽四重奏曲No．9（ラズモフスキー　3）』（OP・59－3）のアンダンテには、雪解けの春を待ちこがれる憧憬の気持ちが込められているかのようだ。尤もこれは自分の主観的な見解かも知れないが、なにか仄々としたものがある。ベートーヴェンの曲はどれをとっても自然に湧き出てくる季節感がある。別に季節を唄っているわけではないが、作曲された時季から感覚的に抽出された自然感情の奔流とでも云うべきものか。

音楽点描　6

近頃精神的に弱体化しつつある自分にとって、あるときテープ録音したリヒャルト・シュトラウスの『アルプス交響曲』(註)は、その悠揚迫らざる音響的スケールと内容的な精神的力強さによって、思いがけず大きな力となった。作曲者自身のアルプスへの憧憬、それに挑戦していく一人の山男の不屈の精神、それらが雄大な大自然のスケールを舞台に展開されていく。音楽によるこれだけの情景描写が他にあるだろうか。同じ標題音楽として、その色彩の濃いベートーヴェンの『交響曲Ｎｏ．６　田園』あるいは多少異質的ながらグローフェの『大峡谷』に匹敵するか、または、それを更に超えるものであろう。ワグナー流の無限旋律によって波がうねるように曲は進行するが、それでいて冗漫さを感じさせない。精神的に充実した山男の呼吸がヒシヒシと感じ取れるし、何と云ってもアルプスの情景を彷彿とさせる。精神的な力強さと同時に、大自然への魂の解放感がある。神を通じて魂の安らぎに導くバッハの曲でさえも、時に食傷気味になれば、案外人間臭さを感じてしまう。また、それがあまりにも日常性に定着してしまうと、形式の中に埋没し、魂の強い感動を覚えなくなる。そうした危機に直面したとき、思い切ってR・シュトラウスやブルックナーに耳傾けてみよう。R・シュトラウスの他の曲には、やや人間臭さもあるが、この『アルプス交響曲』は、大自然をテーマとしただけあって、あまりそれを感じさせない。これはブルックナーの交響曲のスケールに相当する。そこには大自然を通じて超絶的世界への挑みかけがあり、大河的であり、たじろぐことがない。日頃のコセコセした考えや、神経症は消え失せる。音楽に於ける自分の好みとは対極的に位置する後期ロマン派の曲から与えられた思いもかけぬインスピレーション、こうしたものは大切にしておきたい。

［一九七五・七］

（註）
ルドルフ・ケンペ指揮、ドレスデン国立歌劇場管弦楽団演奏

音楽点描　7

ジュリアード弦楽四重奏団によるバルトークは、聴いていて快適な緊張感が与えられる。張りつめた洗錬された弦の一つ一つに魂が籠められている。もう一枚のバルトークのレコード、ハンガリア弦楽四重奏団の燻し銀のような響きに対して、ジュリアードは陰影に富んだ明快な響きを投げかける。優劣は付け難いが、現在ではジュリアードの厳しさに魅かれるものがある。バルトークのカルテットを聴くと、それが如何にもベートーヴェンの現代版であり、既に現代の古典になり切ってしまっているという感がする。民族的色彩を多分に取り入れたバルトークの心底に、少なからずベートーヴェンを意識していたものが聴き取れる。『弦楽四重奏曲No.5』はベートーヴェンの同じく『No.14』を思わせ、『No.6』は同じく『No.16』に匹敵する。演奏様式は旧いながらも、ブッシュ四重奏団によるベートーヴェンは、ジュリアード四重奏団によるバルトークに劣らぬ構成美を形づくっている。

西洋音楽の潮流の中に、時代を超えて鋼のような強靱さを以て結びつく内声の結合、聴き手をして精神的に跳ね返す何ものか、それがあるか否かによって、その音楽もまたその存在価値が見出されるのではなかろうか。音楽は、古今東西を問わず、聴き手の側の精神的作用を外延性と内面性（または求心性）の何れかに於いて支配される。端的にいえば、聴き手はこの二つの要素によって、触発されることになる。

音楽点描　8

ベートーヴェン『弦楽四重奏曲No．14』（OP・131）について、演奏の四重奏団ブッシュとバリリとを聴き比べてみる。このような極め付きの作品を第一級の演奏で聴けば聴くほど、より一層シビアな音を求めたくなるものである。このような境地の思想を如何に言葉に表現するか。それはどだい無理な話だが、直接的に精神に作用を及ぼすほどの言葉が、現にこの世に存在しうるか——そこに意思伝達機能を司る言葉自体の限界がある。『No．14』をどんな言葉で表現したらよいのか、また、どんな言葉がこの曲を表現しうるか。そもそもベートーヴェンは、この曲で何を語ろうとしたのか。言葉の持つリアリティーを遙かに凌駕している。呪文やお経は、芸術作品ではない。しかし、『No．14』は、人類の創造し得る精神的密度の極致とでもいえる芸術作品として、聴く人の心の中に直接響いてくる。言語的意味がとれぬとしても、こうした伝達作用があるということから、呪文やお経とは本質的に区別されるものである。音を媒介として心から心への伝わり方は、言葉を介するものよりもより直接的である。音それ自体が心であり、且つまた啓示なのである。表現手段は演奏者の能力や解釈によるところが大であるにも拘らず、いちいちまだるっこしい言葉に翻訳する必要もない。それだけ危険性もあり、また言葉のアーティストが音のアーティストを羨む由縁でもある。作曲家としての主張がはっきりしているベートーヴェンは、まだましな方である。バッハの『フーガの技法』や、バルトークの『弦楽四重奏曲』はどうなるのか。作曲家自身、自らの芸術に就いてどれほど語られるのだろうか。音が全てである。作曲家自身、言葉で説明出来るような作品ならば、それは芸術の堕落である。しかし、これらの作品は、後世の謎として残すには余りにも大き過ぎる。無理な詮索はやめて、唯ひたすら謙虚に音を聴くのみ。

［一九七七・二］

音楽点描　9

　ジュリアード四重奏団によるバルトーク『弦楽四重奏曲Ｎｏ．６』を聴いてみる。切々として心の襞に訴えかけてくるものがある。作曲当時、バルトークは、生活の上でひと方ならぬ貧苦の連続であったに違いない。更に栄養失調が追い討ちをかける。そのためか、曲想には切々として訴えかけるものと、何か執拗な熱っぽさとがある。バルトークにとって祖国との別離は、生命との離別であるほどに深刻な問題であったに違いない。最初のメランコリックな動機から、曲全体を貫く哀愁に満ちた音調は、構成力を主体とした『弦楽四重奏曲Ｎｏ．５』には見られぬものである。ここでは思考によるものよりも感情が優位を占めている。抽象化された音の構成を破るほどの打ち克ち難い心境が示されていて、聴くものに鬼気迫るものを感じさせる。バルトークは既に〝現代の古典〟となってしまっているが、バッハとバルトークとが時代的には全くかけ離れていても、それらを交互に聴いてもなんら不自然なものを感じさせない。それぞれに内面的密度の充実を感じながら、時代を超えて精神的に強烈に作用するものが存在するからだ。好き嫌いでは量れぬ尺度がある。バッハもバルトークも、好きだから聴いているわけではなく、こちらが黙っていても相手の側から近づいてくるのである。

［一九七七・三］

音楽点描　10

　以前、朝のバロック音楽で放送されたオランダのスウェーリンクのオルガン音楽で、主だった作品を収めた一枚のＬＰ。数日前に買って時々聴いているが、その対位法を駆使した緻密な充実感に魅かれる。それは建築的な壮大さというよりかは内省的で、『エコー・ファンタジー』に顕著である。オルガンの音色の無類の変化がどの曲にも出ており、構成的であると共に音色の美しさを余すところなく発揮している。バッハの先輩であるスウェーリンクには別の要素がある。即ち音楽を客観的に捉えていること、バッハはともすると、ロマン派に近いとさえ思われるほど、主情的要素があるが、スウェーリンクは黙想に集まった礼拝堂の会衆が、自然とひき入れられそうに音楽の技法は、十分駆使され、更にブクステフーデやバッハに至る基礎固めがされていったもの思われる。スウェーリンクやブクステフーデがいなかったならば、大バッハは世に出なかったかもしれない。オルガン音楽に於てバッハはこうした先輩達によって基礎づけられた道の上に、己の主情的とも云えるプロテスタント的スピリチュアリズムを打ち込んでいったのであろう。スウェーリンクの『エコー・ファンタジー』に耳傾けるだけでも、一日の労苦を忘れ去ることが出来るようだ。哲学者カール・ヒルティのいう魂の安らぎの場とは、このようなものであろうか。

［一九八〇・四］

音楽点描　11

　数日前入手したマンハイム楽派のＬＰに耳傾ける。バロックから古典派に至る過渡期の音楽としてのみ簡単に片付けられない独特な生気に満ちた音楽である。むしろ古典派に近く、それの黎明期とも云える。実に瑞々しい生気に溢れていて爽快そのもの、しかも当時文化の中心地・マンハイムの文化の香りが漂う格調の高さが感じられる。アルヒーフ盤一枚に収められた代表的巨匠の一人、カンナビッヒの『シンフォニア・コンチェルタンテ』を聴いて、その生気の瑞々しさと内に秘められた活力とを感ぜずにはおられない。嘗てＦＭか何かで耳にしたベートーヴェン少年時代の頃の最初の小品『ピアノ協奏曲・WoO（註）01』——の何とも生気に満ちた冒頭の箇所を想わせる。

　残念なことに、ベートーヴェンのこの試作的小品は何処のレコード店にも見付からなかったが。モーツァルトの旅日記にも、当時マンハイム楽派の楽長であったカンナビッヒのことがしばしば触れられている。そこの職に就くことをモーツァルト自身どれほど望んでいたか、しかしそれが受け入れられず（職に空きがなく）止むなくウィーンに旅立っていく。初期のモーツァルトの音楽には、少なからずマンハイムの空気が漂っている。同じ前古典派のものでもイタリアのボッケリーニや、活動の場がベルリンであったＪ・Ｓ・バッハの次男のＣ・Ｐ・Ｅ・バッハなどとも異なる。音楽もいろいろと聴けば聴くほど、僅かな地域差や時代差などによる多様性が分かってくる。モーツァルトとハイドンとの違いが歴然としているように。それにしても日本では、まだまだ一般的に知られざる作曲家は多いのではなかろうか。耳を開くことは心を啓くことでもある。

［一九八六・一］

（註）

WoOとは「作品番号ＯＰのない作品」を意味するドイツ語のWerk ohne Opuszahlの頭文字

音楽点描　12

モーツァルトの『クラリネット五重奏曲』別名『シュタードラー五重奏曲』（ＫＶ．５８１）を往年の名クラリネット奏者、レオポルト・ウラッハで聴いてみる。かの第二楽章ラルゲットは、心の奥底まで滲み透るように切々と響いてくる。滋味溢れる中にもふっくらとした柔らかさが全体に浸透していて、やはりウラッハでなくては出てこない味わいがある。現在、それの流れを汲む奏者と云えば、オーストリアの名手プリンツぐらいなものか。

昨日はまた同じくモーツァルトの晩年の『クラリネット協奏曲』を同じくウラッハの演奏で耳にする。これも前者に劣らぬ名演で素晴らしい。但しオーケストラのほうがやや劣る。あまりにも明快にやり過ぎているのかも知れない。その点ウラッハの滋味と一寸合わない。

最近買ったモーツァルトの『ピアノと管楽のための五重奏曲』（ＫＶ．４５２）これは若い時期のものだが、やはりこのジャンルでは大変優れていると思う。このＬＰの裏がベートーヴェンの同じジャンルの曲。『ピアノと管楽のための五重奏曲』（ＯＰ・16）、このＬＰでベートーヴェンは大分損をしている。モーツァルトに較べると聴き劣りがする。弦楽四重奏曲では超人的な作品を残しておきながら五重奏曲については、全くモーツァルトにお株を奪われている。一般に四重奏曲は求心的想念を要求するものであるのに対して、五重奏曲は多面的な拡がりと優麗な艶やかさとが要求される。それに所謂〝遊びの精神〟といったものも。モーツァルトは晩年に至っても持ち前の遊び心を失わなかったようである。

［一九八六・一一］

音楽点描　13

ワルター・ゲルヴィッヒのリュートによるＪ・Ｓ・バッハの『リュート組曲』（『無伴奏チェロ組曲Ｎｏ．５』のリュート編曲）、アドルフ・ブッシュ（vn）、ヘルマン・ブッシュ（vc）、ルドルフ・ゼルキン（pf）の三重奏団によるベートーヴェン『ピアノ三重奏曲Ｎｏ．５　幽霊』、矢代秋雄の『ピアノ協奏曲』、パルナッスス室内楽団によるテレマン、ヘンデル、ガルッピ等の『バロック室内楽集』等をＬＰで聴く。

まずゲルヴィッヒのバロックリュートを使用した深々として心に沁み渡るような響きは、大変聴き応えがある。ギターの名手ナルシソ・イエペスによる叙情性に比して、ゲルヴィッヒのは音楽の骨太さを感じさせるものがある。実存に食い込むような音色は、これをチェロで弾いた原曲以上に訴えかけるものの印象は強い。

ブッシュ兄弟を主とする三重奏団による『幽霊』は、かなり速いテンポながら表面的にならず、しかも微塵も無駄を感じさせない。その演奏様式には単に即物的というよりも音楽の本質に根差した厳しさがあり、ある意味ではドイツ的である。同じブッシュを主体とするブッシュ四重奏団によるベートーヴェンの『弦楽四重奏曲No.12』でときに使用しているポルタメントの古さを感じさせない。往年の楽団というよりも、今日現存していてなお活躍中であるくらいに新鮮な印象を与えてくれる。

鬼才と云われた矢代秋雄――惜しくも早逝したため、今日ではあまり取り上げられていないようだが、邦人作曲家としては先ず第一に挙げておきたい。この『ピアノ協奏曲』は手法の緻密さと幻想性で魂に食い込むものがある。第二楽章の冒頭は出力の弱いアンプでは一寸聴き取り難い。ボリュームを上げていく中に僅かながら聴き取れるようになる。いつ音楽が始まったのか分からぬくらいである。音楽にはこうした〈静〉の領域があっても不思議ではない。矢代の曲には〈静〉と〈動〉とを大変巧く使いこなした努力の跡が見受けられる。明と暗、光と翳といった対極的なものがあって、両者何れも欠かすことの出来ぬものの中にこの一曲が埋まっているとでも云えよう。

これまではやや重ったるい音楽だったが、最後に気晴らしの意味でのバロック音楽。パルナッスス室内楽団で最初このLPを聴いたとき、清新な歯切れの良さを感じたが、今聴くと一寸冗長に響いてくる。コレギュウム・アウレウム室内楽団のモーツァルトにもそれが感じられたが、曲の品位を重んずるあまり、演奏に多少キメの細かさが現れているためか。

［一九八七・二］

音楽点描　14

最近復刻されたウエストミンスター盤のモーツァルト『クラリネット協奏曲』（KV．622）と同じく、『バスーン協奏曲』（KV．191）のカップリング一枚。クラリネットは名手レオポルト・ウラッハ。この曲はもう三十年前に買ったMP盤（二十五センチLP）で散々聴き尽くしており、いい加減マンネリ化してしまっているが、この往年の名手の演奏で是非聴いてみたいと思ってようやく入手したものである。ウラッハのものとしては既に『クラリネット五重奏曲』（同じくモーツァルト）はずいぶん以前に入手したが、協奏曲も聴いてみてさすが一流の演奏である。以前買ったLPと比べても雲泥の差、同じ曲がこうも変わるものかと感心させられる。『レクイエム』作曲中の最晩年のモーツァルトが当時書き残した愛すべきこの一曲。第二楽章には悟り切った枯淡な表情がありありと滲み出ているが、全体としては明るく淡々としている。晩年にこれに劣らず平明で屈託なく書かれたものとして、他に『ピアノ協奏曲No．27』や『弦楽三重奏曲変ホ長調』（KV．614）の例もあるが。

いくら耳にタコが出来るほど聴いても、やはり終生愛して止まぬ名曲である。それを最上と云えるウラッハで聴くなどとは、これ以上の贅沢があるだろうか。CDならず、ステレオならず、しかも録音の古いモノラル盤で二千五百円とは、一寸割高に思うかも知れない。しかし音楽の生命価値は、演奏如何にあるものであり、生涯の伴侶とするには他に何があるだろうか。かつて、大のモーツァルトファンで、早逝した弟が遺した言葉、「僅か三十五歳の生涯で、人間の身近な喜怒哀楽全てを理屈なしに音の世界で表現したその天才振りには、云うべき言葉もない」と。それこそ心から心へと伝わり得るものこそ求めようとする音楽に外ならないのだから——

著者プロフィール

宮澤 泰（みやざわ やすし）

1929年　東京都荒川区に生まる。
1943年　私立麻布中学入学。
1944年　同校より県立横須賀中学校に転校。
1949年　立教大学文学部英米文学科に入学。
1953年　同校卒業後、同校図書館に就職。
　　　　司書職、課長を歴任。
1995年　定年退職、今日に至る。
趣味：音楽鑑賞、登山、写真、カラオケ etc.
著書：『わが思索の旅　―文学・音楽・山―』（1998年　康文社印刷）

人生　ふれあいと美と音楽

2020年 5 月15日　初版第 1 刷発行

著　者　宮澤 泰
発行者　瓜谷 綱延
発行所　株式会社文芸社
〒160-0022　東京都新宿区新宿1－10－1
電話　03-5369-3060（代表）
03-5369-2299（販売）

印刷所　株式会社フクイン

ISBN978-4-286-21584-6